성찰의 시간

__일러두기

1. 본문은 가능한 한 원문 그대로 실었으나, 가독성을 해치는 경우 독자의 이해를 돕기 위해 현대의 한글 표기법을 따랐습니다.
2. 잡지와 신문, 장편의 제목은 《 》으로 표기했으며, 단편과 시·영화·그림의 제목은 〈 〉으로 표기했습니다.
3. 본문 중 내용 이해가 어려운 말의 경우 괄호 속에 현대어를 함께 풀어서 사용하였습니다.

문 득… 멈 춰 선… 그 곳 에 잠 시… 나 를 내 려 놓 다

성찰의 시간

이효석 · 백 석 · 이 상 외 | 임현영 엮음

HONGJAE Publishers

프롤로그

문인들의 소확행

— 문득 멈춰선 그곳에 잠시 나를 내려놓다

1941년 8월 5일 오전 8시 50분. 만해 한용운은 서울발 원산행 기차에 몸을 실었다. 만원 승객으로 인해 차 안 공기는 후끈하고 불결했지만, 환갑을 넘긴 만해의 표정은 그리 어둡지 않았다. 다음 날, 원산 갈마역에서 내린 만해는 명사십리(明沙十里)로 향했다. 명사십리는 그 이름 그대로 가늘고 흰 모래가 십 리에 걸쳐 있고, 해송과 해당화가 어우러진 천혜의 해수욕장이었다. 또한, 해안 남쪽에는 서양인 별장 수십 호가 있고, 해수욕 절기에는 동경, 상해, 북경 등지의 사람들까지 몰려와서 피서를 즐길 만큼 최고의 휴양지였다.

그곳에 이르러 만해는 체면도 아랑곳하지 않은 채 급히 옷을 벗어 던지고 바다에 뛰어들었다. 그리고 일주일 동안 명사십리와 인근에 있던 송도원 해수욕장을 오가며 해수욕을 했다. 그만큼 만해는 피서의 일환으로써 해수욕을 즐겼다. 심지어 해인사 순례 길에도 짬을 내 해운대에 들렀을 정도였다.

〈명사십리〉라는 글을 보면 만해가 '모든 방면으로 시끄럽고 성가시던 서울을 뒤로 두고' 모처럼 명사십리 바닷가에서 얻은 마음의 평화가 글 곳곳에 배어 있다. 특히 '짓궂은 물결은/ 해죽해죽 웃으면서/ 한 발로 모를 차고/ 한 발로 샘을 짓는다'라는 대목에 이르면 해변에서 모래성을 쌓으며 미소 짓는 그의 천진난만한 모습과 그것을 통해 느꼈을 작은 행복이 금방이라도 손에 잡힐 듯하다. 이는 익히 우리가 알고 있던 근엄하고 엄숙한 만해의 모습과는 사뭇 다르다.

1930~40년대 최고 피서지는 해수욕장이었다. 그중 많은 이가 최고 피서지로 원산을 첫 손에 꼽았다. 경의선 철도가 연결되어 교통이 편리했을 뿐만 아니라 송도원, 명사십리, 송전 등 경관이 수려한 해수욕장이 여럿 있었기 때문이다. 그러다 보니 여름이면 경의선 기차는 항상 붐비기 일쑤였고, 해변 역시 수많은 사람으로 연일 만원을 이루었다.

물론 번잡한 곳을 피해 인적 드문 바닷가를 찾는 사람도 있긴 했다. 대표적으로 소설가 이효석이 있다. 그는 여름이면 독진(獨津)이라는 한적한 해변을 즐겨 찾아 몸에 실오라기 하나 걸치지 않은 채 알몸으로 수영과 백사장 산책을 즐기곤 했는데, 그 모습을 에세이 〈처녀 해변의 결혼〉에서 다음과 같이 그리고 있다.

"번잡하고 화려하지는 못하나, 그 대신에 맑고 조촐한 그래서 더 값진 순결한 처녀지. 장개 고개 이편 원수대로 뻗친 불역에는 물새가 내리고 해질 무렵이면 자디잔 새우의 무리가 뛰어 올라올 뿐, 인간의 발자취 하나 없는 맑은 모래가 아깝게 5리가량이나 터져있다. 내가 즐겨 찾는 곳은 물론 그곳이었다. … (중략) … 가장 중대하고 긴요한 점은 그곳에서 나는 다른 해수욕장에서와 같이 귀찮은 해수욕복을 입을 필요가 없었음이다. 몸에 실 한 바람 걸치지 않고 유유하고 자유롭게 모래 위를 거닐었다."

또한, 그는 소설 〈계절〉에서 해수욕장 풍경을 다음과 같이 묘사한 바 있다.

"여름의 해수욕장은 어지러운 꽃밭이다. 청춘을 자랑하는 곳이요, 건강을 경쟁하는 곳이다. 파들파들한 여인의 육체, 그것은 탐나는 과실이요, 찬란한 해수욕복, 그것은 무지개의 행렬이다. 사치한 파라솔 밑에는 하얀 살결의 파도가 아깝게 피어 있다. 해수욕장에 오는 사람들은 생각건대 바닷물을 즐기고자 함이 아니라 청춘을 즐기고자 함 같다."

소확행(小確幸). '소소하지만 확실한 행복'의 줄임말이라는 이 말이 최근 많은 사람에게 회자하고 있다. 이는 일본의 장기불황과 경기침체, 그리고 가속화된 개인주의가 만들어낸 소비 흐름으로, 우리의 삶과도 절대 무관하지 않다. 그런데 얼마 전부터 그 공식이 깨어지고 있다. 물질과 출세욕에 사로잡혀 앞만 보고 달려온 사람들이 비로소 '비움'과 '느림'에 눈을 뜬 것이다.

사실 '소확행'이란 말의 원저작자는 일본 소설가 무라카미 하루키다. 그는 에세이 〈랑겔한스 섬의 오후〉에서 '소확행'에 관해서 다음과 같이 말한 바 있다.

"갓 구운 빵을 손으로 찢어 먹는 것, 오후의 햇빛이 나뭇잎 그림자를 그리는 걸 바라보며 브람스의 실내악을 듣는 것, 서랍 안에 반듯하게 접어 넣은 속옷이 잔뜩 쌓여 있는 것, 겨울밤 부스럭 소리를 내며 이불 속으로 들어오는 고양이의 감촉…"

'혹서(酷暑)'의 계절, 여름. 이맘때면 많은 이들이 한여름 무더위를 피해서 잠시 휴식을 한다. 이른바 '피서'가 그것으로, 대부분 각자 기호에 맞는 곳으로 떠나 지친 마음과 몸을 위로하며 재충전의 시간을 갖는다. 글쓰기를 업으로 삼는 문인들이라고 해서 그 예외가 아니었다. 어쩌면 그들이야말로 더 많은 성찰과 재충전이 필요했을지도 모른다.

백석, 이상, 한용운, 이효석, 이태준, 정지용… 우리 문학을 사로잡은 큰 별들은 과연 어디서, 어떻게 피서를 하며, 그것을 작품 속에 어떻게 담았을까.

그들은 피서를 통해 삶을 성찰하는 '소확행'을 즐겼다. 하지만 즐겨 찾는 장소와 방법만은 그들의 개성처럼 천차만별이었다. 앞서 살펴봤듯, 만해 한용운은 해수욕을 통해 심신을 단련했고, 이효석은 날마다 손수 만든 밤 샌드위치와 커피를 가지고 자신만의 장소를 찾아가 외로움을 즐겼다. 또한, 춘원 이광수는 시원한 돌베개 하나에 의지해 순전히 집에서 더위를 피했고, 이상은 요양을 위해 지인의 고향에서 여름을 보내며 그의 작품 중 가장 아름답다는 〈산촌여정〉을 썼다.

주목할 점은 예나 지금이나 작가들의 글을 통해서 느끼는 감성은 그대로지만, 피서지 풍경은 우리가 알고 있는 것과 사뭇 다르다는 것이다. 예를 들면, 지금은 갈 수 없는 평안도와 함경도, 황해도 해변과 산의 여름 풍경과 본격적인 개발 전 논밭을 끼고 있는 피서지의 모습이 바로 그것이다. 80여 년의 시공간의 흐름이 그대로 느껴지는 대목이기도 하다.

그들에게 있어서 피서는 단순히 쉬는 것이 아닌 삶을 되돌아보고 성찰하는 매우 소중한 시간이자 새로운 도약의 기회였다. 이에 한가한 곳을 찾아가 삶을 되돌아보며 재충전하기도 했고, 지친 몸과 마음을 위로하며 새로운 각오를 다지기도 했다. 그래서일까. 문인이기에 앞서 삶의 선배로서 삶의 요소요소에서 건져 올린 이야기를 듣다 보면 마치 우리 앞에서 직접 이야기를 하는 듯한 착각에 빠진다.

"꿈을 찾아 정처 없이 내닫고 싶은 마음, 한정 없이 간 곳에 필연코 찾는 꿈이 있으려니 짐작됩니다. 혹 없을지도 모르지요. … (중략) … 사람이란 천생 외로운 물건입니다. 외로운 속에서 모두 각각 자기의 꿈을 껍질 속에 싸가지고 궁싯궁싯 서글픈 평생을 보내는 것입니다."

__ 이효석, 〈바다로 간 동무에게〉 중에서

"인생이란 결국 물가의 모래 위에 써 놓고 가는 허무한 기록인가. 하지만 그것은 바닷물에 씻기고 또 씻기는 동안 흔적도 없이 사라지고 말 것이다. 그런 것을 우리는 좀 더 크게, 좀 더 길게 써 놓고 가려고 애쓰며 허덕이고 있지 않은가."

__노천명, 〈해변단상〉 중에서

그들은 크고 허황한 꿈보다는 작지만 확실한 행복, 즉 '소확행'을 꿈꾸었다. 생각건대, 그들 역시 거기서 진정한 삶의 기쁨과 존재의 의의를 느꼈으리라.

이제 곧 피서 시즌이다. 앞만 보고 달려오느라 제때 살피지 못했던 것들을 되돌아볼 수 있을 뿐만 아니라 지친 마음과 몸을 위로할 소중한 기회다. 나아가 그것을 기회로 한 단계 더 도약할 수도 있다. 그런 점에서 이번 여름 휴가는 이 책의 주인공인 문인들이 그랬듯이 나만의 '소확행'을 이뤄보는 것은 어떨까.

끝으로, 시원한 여름을 위해 평양고보 출신 소설가 김남천의 〈냉면〉을 에필로그에 게재해 시원하고 맛깔나게 여름을 마무리할 수 있게 했다.

"모든 자유를 잃고, 음식 선택의 자유까지 잃었을 때 항상 애끓는 향수같이 엄습하여 마음을 괴롭히는 식욕의 대상은 우선 냉면이다."

냉면 한 그릇으로도 '소확행'을 느꼈던 문인들의 소탈함과 참모습을 감상할 좋은 기회가 될 것이다.

목
차

Part 1 쪽빛 바다에서 나를 만나다

_ 바다, 강에서 보내온 소확행 통신

Part 2 푸른 솔숲에서 나를 만나다

_산, 고향집에서 보내온 소확행 통신

여름의 해수욕장은 어지러운 꽃밭이다. 청춘을 자랑하는 곳이요, 건강을 경쟁하는 곳이다. 파들파들한 여인의 육체, 그것은 탐나는 과실이요, 찬란한 해수욕복, 그것은 무지개의 행렬이다. 사치한 파라솔 밑에는 하얀 살결의 파도가 아깝게 피어 있다. 해수욕장에 오는 사람들은 생각건대 바닷물을 즐기고자 함이 아니라 청춘을 즐기고자 함 같다.

__ 이효석, 〈계절〉 중에서

Part 1 쪽빛 바다에서 나를 만나다

_ 바다, 강에서 보내온 소확행 통신

이 태 준

피서지의 하루

바다에 나가는 길에 철봉에 매달리었다. 보는 사람이 없어 마음 놓고 턱걸이를 대여섯 번 해보았다. 그러나 철봉 위에 채 오르지도 못하고 교수대에 매달린 사형수마냥 긴 사지가 늘어지고 말았다. 그 모습을 누가 봤다면 픽 — 웃었을 것이다.

하늘도 바다와 육지처럼 반이 갈리었다 진다.

정자로 올라가자 습자(習字, 붓글씨를 연습하는 일) 교원밖에는 안 되는 해강(海岡)의 글씨가 정면에 걸려 있고, 촌마을 접장들의 총석찬(叢石贊, 업적을 자랑하기 위해 총총하게 세운 바윗돌)이 난잡하게 자리를 다투어 걸린 것이 적이 불쾌하였다.

정자에 앉으니 극지에서 날아온 듯한 내풍(耐風, 세게 부는 바람에도 잘 견디어 냄), 눈도 끝없이 멀어진다. 바른 편으로 외금강의 위용이 아득히 떠오를 뿐, 동북간은 막막한 물나라 동해지동경무동감(東海之東更無東感)이 불무(不無, 없지 않음)하다.

동해의 파도는 모두 이곳에 몰려드는 듯. 그러나 엄연 부동하는 총석의 기착(부동자세 '차려'를 뜻하는 말) 자세는 군국정신을 고취시키기 좋은 배경이다. 경치로 즐기기엔 좀 무시무시하다.

여섯 시 차로 돌아오다.

__1936년 9월《여성》

⊙ 해강(海岡)

__ 서화가 김규진의 호. 1907년 일본에 건너가 사진기 조작법을 배우고 돌아와 서울에 '천연당'이라는 사진관을 개설하였고, 1913년 천연당에 최초의 근대적 영업 화랑인 '고금서화관'을 병설하기도 했다.

⊙ 동해지동경무동감(東海之東更無東感)

__ '동해의 동쪽에서 동해를 느낄 수 없다'라는 말로 막막하고 끝이 없음을 뜻함

동해(東海)

동해여, 오늘 밤은 이렇게 무더워 나는 맥고모자(밀짚모자)를 쓰고 삐루(맥주)를 마시고 거리를 거닙네. 맥고모자를 쓰고 삐루를 마시고 거리를 거닐면 어데서 닉닉한('느끼하다'라는 뜻의 평안북도 방언) 비릿한 짠물 내음새 풍겨 오는데, 동해여 아마 이것은 그대의 바윗등에 모래장변의 날미역이 한 불 널린 탓인가 본데, 미역 널린 곳엔 방게가 어성기는가, 도요(도요새)가 씨양씨양(시끌시끌. 요란한 소리로 떠드는 모양) 우는가, 안마을 처녀가 누구를 기다리고 섰는가, 또 나와 같이 이 밤이 무더워서 소주에 취한 사람이 기웃들이(비스듬히) 누웠는가. 분명히 이것은 날미역의 내음새인데 오늘 낮 물기가 쳐서 물가에 미역이 많이 떠들어 온 것이겠지.

이렇게 맥고모자를 쓰고 삐루를 마시고 날미역 내음새 맡으면 동해여, 나는 그대의 조개가 되고 싶읍네. 어려서는 꽃조개가, 자라서는 명주조개가, 늙어서는 강에지조개가, 기운이 나면 혀를 빼어 물고 물속 십 리를 단숨에 날고 싶읍네. 달이 밝은 밤엔 해정한(고요한) 모래장변에서 달바라기(달맞이)를 하고 싶읍네. 궂은 비 부슬거리는 저녁엔 물 위를 떠서 애원성(안타까운 마음을 담아 부르던 노래)이나 부르고, 그리고 햇살이 간지럽게 따뜻한 아침엔 이남박(함지박의 종류) 같은 물 바닥을 오르락내리락하고 놀고 싶읍네. 그리고, 그리고 내가 정말 조개가 되고 싶은 것은 잔잔한 물밑 보드라운 세모래(가는 모래) 속에 누워서 나를 쑤시러 오는 어여쁜 처녀들의 발뒤꿈치나 쓰다듬고 손길이나 붙잡고 놀고 싶은 탓입네.

동해여! 이렇게 맥고모자를 쓰고 삐루를 마시고 조개가 되고 싶어 하는 심사를 알 친구가 하나 있는데, 이는 밤이면 그대의 작은 섬—사람 없는 섬이나 또 어느 외진 바위 판에 떼로 몰려 올라서는 눕고 앉았고, 모두들 세상 이야기를 하고 지껄이고 잠이 들고 하는 물개들입네. 물에 살아도 숨은 물밖에 대고 쉬는 양반이고, 죽을 때엔 물 밑에 가라앉아 바윗돌을 붙들고 절개 있게 죽는 선비이고, 또 때로는 갈매기를 따르며 노는 활량(한량)인데 나는 이 친구가 좋아서 칠월이 오기 바쁘게 그대한테로 가야 하겠습네.

이렇게 맥고모자를 쓰고 삐루를 마시고 친구를 생각하기는 그대의 언제나 자랑하는 털게에 청포채(녹두묵을 채 썰어서 양념에 버무린 음식)를 무친 맛나는 안주 탓인데, 정말이지 그대도 잘 아는 함경도 함흥 만세교 다리 밑에 임이 오는 털게 맛에 해가우손이(해 가리개)를 치고 사는 사람입네. 하기야 또 내가 친하기로야 가재미가 빠질겝네(빠지지 않네). 회국수에 들어 일미이고 식혜에 들어 절미지. 하기야 또 버들개(버들치) 봉구이(붕어구이)가 좀 좋은가. 횃대 생선 된장지짐이는 어떻고. 명태골국, 해삼탕, 도미회, 은어젓이 다 그대 자랑감이지 그리고 한 가지 그대나 나밖에 모를 것이지만 공미리(학꽁치)는 아랫주둥이가 길고 꽁치는 윗주둥이가 길지. 이것은 크게 할 말 아니지만 산뜻한 청삿자리(푸른 왕골로 짠 삿자리) 위에서 전복회를 놓고 함소주(상자째 갖다 두고 마시는 소주) 잔을 거듭하는 맛은 신선 아니면 모를 일이지.

이렇게 맥고모자를 쓰고 삐루를 마시고 전복에 해삼을 생각하면 또 생각나는 것이 있습네. 칠팔 월이면 으레히 오는 노랑 바탕에 까만 등을 단 제주 배 말입네. 제주 배만 오면 그대네 물가엔 말이 많아지지. 제주 배 아즈맹이(아주머니) 몸집이 절구통 같다는 둥, 제주 배 아뱅(아버지)인 조밥에 소금만 먹는다는 둥, 제주 배 아즈맹이 언제 어느 모롱고지(모롱이. 산모퉁이의 휘어 눌린 곳) 이슥한 바위 뒤에서 혼자 해삼을 따다가 무슨 일이 있었다는 둥… 참 말이 많지. 제주 배 들면 그대네 마을이 반갑고 제주 배 나면 서운하지. 아이들은 제주 배를 물가를 돌아 따르고 나귀는 산등성에서 눈을 들어 따르지. 이번 칠월 그대한테로 가선 제주 배에 올라 제주 색시하고 살렵네.

내가 이렇게 맥고모자를 쓰고 삐루를 마시고 제주 색시를 생각해도 미역 내음새에 내 마음이 가는 곳이 있습네. 조개껍질(조개껍데기)이 나이금(나이테 또는 연륜)을 먹는 물살에 낱낱이 키가 자라는 처녀 하나가 나를 무척 생각하는 일과, 그대 가까이 송진 내음새 나는 집에 아내를 잃고 슬피 사는 사람 하나가 있는 것과, 그리고 그 영어를 잘하는 총명한 4년생 금이가 그대네 홍원군 홍원면 동상리에서 난 것도 생각하는 것입네.

__1938년 6월 7일 《동아일보》

⊙ 동해(東海)

__ 동해의 추억을 회상하면서 아름다운 바다 풍경과 사람들을 정겹게 떠올리고 있지만, 한편으로 그 이면에 왠지 쓸쓸한 분위기가 감돈다. 또한, 기행 수필의 성격을 갖고 있으면서도 대상에 대한 감성적인 표현으로 인해 마치 시를 읽는 듯한 느낌을 준다.

●●● 한 용 운

명사십리(明沙十里)

서울역의 기적 일성(一聲), 모든 방면으로 시끄럽고 성가시던 서울을 뒤로 두고 동양에서 유명한 해수욕장인 명사십리(明沙十里)를 향하여 떠나게 된 것은 8월 5일 오전 8시 50분이었다.

차 안은 승객의 복잡으로 인하여 주위 공기가 불결하고, 더위도 더하여 모든 사람이 벌써 우울을 느낀다. 그러나 증염(蒸炎, 더위), 열뇨(熱鬧, 많은 사람이 모여서 떠들썩함), 번민, 고뇌 등등의 도회를 떠나서 만 리 창명(滄溟, 큰 바다)의 서늘한 맛을 한주먹으로 움킬 수 있는 천하 명구(名區, 이름난 지역) 명사십리로 해수욕을 가는 나로서는 보일보(步一步, 한 걸음 한 걸음) 기차의 속력을 따라서 일선의 정감이 동해에 가득히 실린 무량(無量, 정도를 헤아릴 수 없을 만큼 많음)한 양미(凉味, 서늘한 맛)를 통해 각일각(刻一刻, 시시각각으로) 접근하여지므로 그다지 열뇌(熱惱, 몹시 심한 고뇌)를 느끼지 아니하였다.

그러면 천산만수(千山萬水, '천 개의 산과 만 개의 내'라는 뜻으로, 많은 산과 많은 시내를 말함)를 격(膈, 이웃하여 있음)하여 있는 천애(天涯, 아득히 멀리 떨어져 있는 곳을 비유적으로 이는 말)의 양미를 취하려는 미래의 공상으로 차 안의 현실, 즉 열뇌를 정복하는 것이 아닌가. 이것이 이른바 일체유심(一切唯心, '세상사 모든 일은 마음먹기에 달려 있다'는 말)이다. 만일 이것이 유심의 표현이 아니라면 유물의 반현(反現, 반대되는 현상)이라고 할는지도 모른다.

나는 갈마역에서 명사십리로 갔다. 명사십리는 문자와 같이 가늘고 흰 모래가 소만(小灣, 육지에 쏙 들어온 좁고 긴 만)을 연하여 약 10리를 평포(平鋪, 평평하게 펴 놓음)하고, 만 내에는 참차부제(參差不齊, 길고 짧거나 들쭉날쭉하여 가지런하지 않음)한 대여섯 개의 작은 섬이 점점이 놓여 있어서 풍경이 명미(明媚, 곱고 수려함)하고 조망이 극가(極佳, 매우 아름다움)하다. 욕장은 해안으로부터 약 5, 60보 거리, 수심은 대개 균등하여 4척 내외에 불과하고, 동해에는 조석(밀물과 썰물)의 출입이 거의 없으므로 모든 점으로 보아 해수욕장으로는 이상적이다.

해안 남쪽에는 서양인의 별장 수십 호가 있는데, 해수욕 절기에는 조선 내에 있는 사람은 물론 동경, 상해, 북경 등지에 있는 사람들까지 와서 피서를 한다 하니 그로만 미루어 보더라도 명사십리가 얼마나 명구인 것을 알 수 있다. 허락지 않는 다소의 사정을 불고(不告, 알리지 않음)하고, 반 천 리(半千里, 500리)의 산하를 일기(一氣, 한 호흡)로 답파하여 만부일적(萬夫一的) 단순한 해수욕만을 위하여 온 나로서는 명사십리의 수려한 풍물과 해수욕장의 이상적 천자(天姿, 타고난 용모 또는 맵시)에 만족하지 아니할 수 없었다.

나는 목적이 해수욕인지라 옷을 벗고 바다로 들어갔다. 그 상쾌한 것은 말로 형언할 바 아니다. 얼마든지 오래 하고 싶었지만 욕의(浴衣, 수영복)를 입지 아니한지라 나체로 입욕함은 욕장 예의상 불가하므로 땀만 대강 씻고 나와서 모래 위에 앉았다가 돌아오니, 김 군이 욕의와 기타 물건을 사 가지고 돌아와서 나를 기다리고 있었다.

7일 아침, 다섯 시에 일어나 보니 일기가 흐리었다.

7시경부터 비가 오기 시작하였으나 계속해서 오는 것을 보니 대단치 아니하였다. 아침밥을 먹고 나서 바다에 갈 욕심으로 비가 개기를 기다렸으나 좀처럼 개이지 않는다.

11시경 비가 조금 멈추기에 해수욕하는 데는 비를 맞아도 관계치 않겠다는 생각에 길을 나섰다. 그러나 얼마 아니 가서 비가 쏟아지는데, 할 수 없이 쫓기어 들어왔다. 신문이 왔기에 대강 보고 나니 원산 오포(吾砲, 오정포, 즉, 낮 열두 시를 알리는 대포) 소리가 들린다.

시계를 교정해서 나서니 비가 개기 시작한다. 맨발에 짚신을 신고, 노동모를 쓰고 나섰다. 진길(물이 섞여 질퍽한 길)에 짚신이 붙어서 단단하여지매 발이 아프다. 짚신을 벗어들고 맨발로 가는데, 비가 그쳐서 길이 반은 물이요, 반은 흙이다. 맨발로 밟기에 자연스러운 쾌감을 얻었다. 더구나 명사십리에 들어서서 가늘고 보드라운 모래를 밟기에는 너무도 다정스러워서 맨발이 둘뿐인 것이 안타까웠다.

해수욕장에 다다르니 마침 여러 사람이 나와서 목욕을 하는데 남녀노유가 한데 섞여서 활발하게 수영도 하고 유희도 한다. 혼자 온 것은 나 하나뿐이다. 나는 그들이 목욕하는 데서 조금 떨어져서 바다에 들어가 실컷 뛰고 놀았다. 여간 상쾌하지 않았다. 잠시 후 조금 쉬기 위하여 밖으로 나와서 모래 위에 앉았다. 이때 모든 것은 신청(新晴, 오랫동안 오던 비가 멎고 말끔히 갬)의 상징뿐이다.

쪽같이 푸른 바다는
잔잔하면서 움직인다.
돌아오는 돛대들은
갠 빛을 배불리 받아서
젖은 돛폭을 쪼이면서
가벼웁게 돌아온다.
걷히는 구름을 따라서
여기저기 나타나는
조그만씩 한 바다 하늘은
어찌도 그리 푸르냐.
멀고 가깝고 작고 큰 섬들은
어디로 날아가려느냐.
발적여 디디고 오뚝 서서
좇다 잡을 수가 없고나.

얼마 동안 앉았다가 다시 바다로 들어가서 할 줄 모르는 헤엄도 치고,

머리를 물속에 거꾸로 잠가도 보고, 마음 나는 대로 활발하게 놀았다. 다시 나와서 몸을 사안(沙岸, 모래 언덕)에 의지하고 발을 물에 담갔다.

모래를 파서 샘을 만드니
샘 위에는 뫼가 된다.
어여쁜 물결은
소리도 없이 가만히 와서
한 손으로 샘을 메우고
또 한 손으로 뫼를 짓는다.

모래를 모아 뫼를 만드니
뫼 아래에 샘이 된다
짓궂은 물결은
햇죽햇죽 웃으면서
한 발로 뫼를 차고
한 발로 샘을 짓는다.

다시 목욕을 하고 나서 맨발로 모래를 갈면서 배회하는데, 석양이 가까워진 탓에 저녁놀이 물들기 시작한다. 산 그림자는 어촌의 작은 집들에 따뜻이 쪼이는데, 바닷물은 푸르러서 돌아오는 돛대를 물들인다. 흰 고기는 누워서 뛰고 갈매기는 옆으로 난다. 목욕하는 사람들의 말소리는 높아지고, 저녁연기를 지음친(사이에 둠) 나무 빛은 열어진다. 나도 석양을 따라서 돌아왔다.

9일은 우편국(우체국)에 소관(所關, 관계 되는바)이 있어서 원산에 갔다. 볼일을 보고 송도원(松濤園)에 갔다. 천연 풍물로 말하면 명사십리와 비교가 아니 되나 해수욕장으로서의 시설은 비교적 상당하다. 해수욕을 잠깐 하고 음식점에 가서 점심을 먹고 송림 사이에서 조금 배회하다가 다시 원산을 경유하여 여사(旅舍, 여관)에 돌아와 조금 쉬고 명사십리에 가서 또 해수욕을 하였다. 그러나 행보(行步, 일정한 목적지까지 걸어서 가거나 다녀옴)를 한 까닭인지 조금 피로한 듯하여 곧 돌아왔다.

10일엔 신문이 오기를 기다리고 나니 11시 반이 되었다. 곧 해수욕장으로 나가서 목욕을 하고 사장에 누워 있으니, 풍일(風日, 바람과 볕이라는 뜻으로, '날씨'를 이르는 말)이 아름답고, 바다는 작은 물결이 움직인다. 발을 모래에다 묻었다가 파내고, 파내었다가 다시 묻으며, 손가락으로 아무 구상이나 목적 없이 함부로 모래를 긋다가 손바닥으로 지워 버리고 다시 긋는다. 그리하다가 홀연히 명상에 들었다. 멀리 날아오는 해조(海鳥, 바닷새)의 소리가 나를 깨웠다.

어여쁜 바닷새야
너 어디로 날아오나.

공중의 어느 곳이
너의 길이 아니련만,
길이라 다 못 오리라.
잠든 나를 깨워라.
갈매기 가는 곳에
나도 같이 가고 지고.
가다가 못 가거든
달 아래서 자고 가자.
둘의 꿈 깊은 때야
너나 내나 다르리.

해수욕장에 범선이 하나 떴다.
배 밑에 가서,
"이게 무슨 배요?"라고 물으니,
선인(船人, 선원)들이
"애들 놀잇배요."라고 한다.
"그러면 이것이 아무개의 배요?"
"아니요, 다른 사람의 배요."

배에 올라가서 자세히 물은즉, 그 배는 해수욕하는 데 소용되는 배인데, 배에 올라가서 물에 뛰어 내리기도 하고 혹은 그 배를 타고 선유(船遊, 뱃놀이)도 하는 배다. 1개월에 95원을 받고 삯을 파는 배로 매일 오전 9시경에 와서 오후 5시에 가는데, 선원은 다섯 사람이라고 한다. 95원을 5인에 분배하면 매일 매일 60여 전인데, 그중에서 선세(船貰, 배를 빌리는데 지급하는 비용)를 제하면 대단히 박한 임금이다. 여기에서 그들의 생활난을 볼 수 있다.

오후 4시경에 여사에 돌아왔다.

11일 상오(上吾, 오전) 11시경에 해수욕장으로 나오는데, 동리 뒤 솔밭 속에 있는 참외 막 아래 서너 사람의 부로(父老, 한 동네에서 나이가 많은 남자 어른을 높여 이르는 말)들이 앉아서 바람을 쐬며 이야기를 한다. 나도 그 자리에 참례(참여함)하였다. 이날이 마침 음력으로 칠석날이므로 견우성이 장가를 드느니, 직녀성이 시집을 가느니 하였다. 나는 칠석에 대한 토속(土俗, 그 지방의 특유한 풍속)을 물었는데 별로 지적하여 말할 것이 없다고 한다.

__ **1941년 5월 30일 《반도산하》**

⊙ 명사십리(明沙十里)

__ 함경남도 원산 갈마반도 남동쪽 바닷가에 있는 백사장. 십 리에 걸쳐 모래밭이 펼쳐져 있는 데서 이름이 유래하였다.

⊙ 송도원(松濤園)

__ 함경남도 원산에 있는 해안휴양지. 울창한 소나무숲과 해당화가 어울려 경관이 매우 아름답고, 물결이 조용하고 맑아 예로부터 제일가는 해수욕장으로 꼽혔다.

소하일기(銷夏日記)

○월 ○일

열 시는 되어서 일어나 사랑문을 여니, 손님도 잠이 깬 지 오래던지 침대에서 일어난다. 피곤이 풀리지 못한 모양이다. 간밤에 들어온 것이 세 시를 넘은 때—이것이 이 며칠 동안의 버릇이어서 기침은 자연 열 시를 넘어 아침 시간의 표준이 대개 오정을 기점으로 하게 되었다.

Y는 서울서 온 손님. 며칠 동안 그를 동무해주기 위해 K와 C, 나 세 사람이 함께 어울리게 되었다. 어제는 박물관을 찾았던 것이 월요일이어서 휴관. 그 길로 뱃놀이를 떠난 것이 밤이 되어서야 거리로 들어오게 되었고, 또 몇 집을 돌아다니는 동안 오전 세 시를 맞이해 집으로 오는 길에 별안간 종록 같은 소낙비를 만나 아래통을 한바탕 적시고 말았다. 그 까닭인지 오늘은 한층 피곤하다.

길을 떠나면 별 하는 일 없이 쉽게 피곤해지는 법. 자유로운 휴식 시간이 거의 없다. 이날은 좀 늦게까지 손님에게 휴식의 기회를 주려고 했으나 그것도 헛일. 오정이 되자마자 아침 식사를 막 마치고 나니 K와 C가 벌써 찾아왔다. 박물관에 가자는 약속이 있었던 것이다. 차를 마시고 나기가 바쁘게 피곤한 채로 우리는 또 집을 나섰다. K와 C는 각각 집을 떠난 자유스러운 사람들. 시간이 무진장인 것이요, K와 나도 여름 휴가를 잡아든 몸으로 한가하기는 하다.

그러나 놀면서도 항상 마음이 편안하지 못함은 웬일인지 모르겠다. 무거운 것이 마음을 죄면서 되려 불안스럽다. 소심익익(小心翼翼, 조심스럽고 겸손함)하지 말고 참으로 유유자적할 만한 넉넉한 심지의 수양이 필요하다는 걸 알면서도 그것을 얻기가 힘들다. 사실인즉, 휴가가 시작되는 즉시로 Y와 함께 만주와 북지 여행을 떠나기로 했던 것이 그만 Y의 사정으로 연기하게 되었다. 그 대신 Y는 이곳으로 며칠 놀러오게 된 것이다. 계획이 어그러져 버리니 방심이 되면서 일이 손에 잡히지 않는다. 한동안 무위 속에 지냄도 유유자적의 수양이거니 생각하나 심중이 편편하지 못함이 슬프다.

평양 온 지 4년, 박물관 구경은 처음이다. 필요 없음이 사람을 게으르게 한 셈이나, 따지고 보면 부지런해야 필요가 생기는 모양이다. 낙랑과 고구려 시대의 유물 · 유적 · 고분 등을 보아가는 동안에 찬란한 환상이 솟으면서 갖가지 의욕을 느끼게 되었다. 낙랑의 문화는 결국 한인(漢人, 중국 한족)의 소산이었던 듯이 짐작되며, 고구려 유물은 낙랑의 그것에 비하면 기품이 훨씬 거칠고 굳건하다. 여기서부터 선조의 독창이 시작되지 않았나 한다.

어떻든 이 두 시대 사람의 업적은 놀랍다. 회화 등에 나타난 품격을 보면 애급('이집트'의 음역어) 문화보다는 훨씬 위이며, 로마 초기 문화와 비교해도 손색이 없다. 색상자의 색 모양이며, 고분 벽화는 그 색채의 전아함과 의장의 탁월함이 하나의 놀라움 그 자체다. 이런 유물을 볼 때면 이 땅에 태어난 자랑이 유연히 솟는다는 Y의 말이 절실히 가슴에서 흘러나온다.

박물관을 나와 고금의 문화를 이야기하면서 거리에 내려가 별수 없이 한낮부터 또 술타령이 시작되었다. 술을 구해서가 아니라 그런 수단으로 밖에는 거리에서는 시간을 지울 수가 없는 것이다. 이집 저집으로 자리를 바꾸기가 3, 4차. 어느 곳이나 그다지 신기한 곳은 없으며 자리를 옮기는 것도 일종의 버릇일 뿐이다. 이런 곳에의 출입도 점점 흥미가 없어져 가면서 여기에서도 영대(齡代, 나이 듦)의 변화를 느끼게 된다. 어느새 영대의 변화를 느낀다는 것이 망발일는지는 모르나, 벌써 좀체 흥미를 끄는 여자가 없는 것이며, 이 흥미의 감퇴가 곧 영대의 변화를 의미한다고 볼 수 있지 않은가. 여간한 여자가 아니고는 눈을 끌지도 않는다. 슬픈 일인지 반가운 일인지는 알 수 없으나.

그래도 이럭저럭 객담을 건네는 동안 밤이 깊어 늦은 거리에 나왔을 때는 두 시를 넘은 때였다. 강제로 Y를 끌었으나 K가 좀체 놓지 않아 결국 Y는 또 하룻밤 K의 집으로 가게 되었다. C와도 작별하고 혼자 걷는 길이 피곤하고 헙헙하다.

○월 ○일

Y를 기쁘게 할 일이 생겼다.

L—시골서 온 한 문학부인이 마침 이곳 동무를 찾아왔던 길에 Y의 소식을 듣고는 Y와 나와 한 좌석에서 이야기하고 싶어한다는 소식을 아내가 동무 집에서 듣고 와서 전해준 것이다. Y를 데리고 와 집에서 만나거나 그렇지 않으면 다방에서 만나게 할 작정으로 낮쯤 되어 K를 찾았다. 그러나 Y는 없었다. 아침 여덟 시 차로 떠났다는 것이다. 거듭 의아한 감이 돈다. 전해주는 명함에는 — 암만해도 오늘은 귀경해야겠고 이렇게 해서 밖에는 형들의 호의를 물리칠 수 없으므로 — 라는 해명의 구절이 읽힌다. 오늘 저녁때 함께 양덕온천에 가자는 언약도 있었는데 — 여중(旅中, 여행 중)의 몸이라 집이 퍽 궁금했던 모양이다. 나로 보면 섭섭한 일이요, Y로 보면 아깝게도 발이 빨라 모처럼의 문학부인과의 면담 기회를 놓친 것이다. 득실은 두고 봐야 알 일이기는 하나 하루의 흥분을 물리쳐 버린 것이 Y가 후에 들으면 아마도 통분할 일 같다.

집으로 갔다가 다시 피서지로 떠나 소설을 쓰겠다는 것이 Y의 계획이었다. 더위를 무릅쓰고 소설을 써야 한다는 것 — 그 속에 버리지 못할 의미가 있는 듯하다. 연전(年前, 몇 해 전)만 해도 소설을 쓰느니 뭐니 하던 말이 아희(兒戲, 아이들의 장난)로 밖에 들리지 않아 귀에 거슬리더니 요새 와서는 뜻이 적지 아니 달라졌다. 이곳 문학이 뭇시선의 대상이 되고 인식이 달라지자 건설의 뜻이 새로 덧붙여졌다. 그러다 보니 결코 안이하게 문학을 생각할 수 없게 되었고, 어렵고 준엄한 것으로 고쳐 생각하지 않으면 외부의 조소를 당하게 되었다. 문학의 수양은 바야흐로 본격의 대도를 내달리게 된 것이다. 이때 소설을 쓰느니 창작을 하느니 한다는 말이 비로소 격에 맞고 품에 어울려 들리며 소홀하지 않은 뜻을 그 속에서 길러낼 수 있다. 대작을 쓴다는 말이 아니라 걸작을 쓴다는 말이요, 그 일편으로서 문학 전체를 대표할만한 역량 있는 것이라야 한다. 문학의 길이 대단히 어려운 것이 되었으며, 따라서 문학인 된 보람도 느끼게 되었다. 좁은 우물 속의 문학이 넓은 외계의 조명을 받게 된 까닭이다. 여름 문학인들의 자중을 바라며 Y의 성공을 비는 마음 간절하다.

K를 찾아왔던 C도 Y를 놓쳐서 헛걸음하고 말았다. 별수 없이 세 사람이 차리고 나서 다방행. 더울 때는 집에 있기도 거리에 나가기도 곤란한 일이라서 집에 모이면 자연 걸음이 밖으로 향한다. 간단한 점심을 마치고 다방에 앉았어도 확적한(정확하게 맞아 조금도 틀리지 아니함) 언약을 주지 않은 문학부인이 나타날 리도 만무해서 가게를 나와서 K는 실망해서 집일을 보러 들어가고, C와 나는 영화관을 찾았다. 알리바바 옛이야기와 근대 이야기를 혼합한 에디 캔터(미국의 가수 겸 코미디언)의 희극이 생각보다 재미가 덜하다. 나체의 군상을 보러 간 것이 이야기의 해학미를 주안으로 한 것이어서 실망스러웠다. 이런 종류의 영화라는 것은 음악이 풍부하든지 나상(나체상)의 난무(亂舞, 엉킨 듯이 어지럽게 추는 춤)가 없으면 흥미가 적다. 관객의 감상 안목은 이런 일면에 의외로 큰 구미를 갖고 있기 때문이다.

영화관을 나와 지하실에서 목을 적시고 K 식당에서 저녁을 마치고 나니 날이 어두워지면서 금시 소낙비가 쏟아질 것 같다. 아니나 다를까 전차로 두어 정류장 지나는 동안에 비가 퍼붓는다. 하는 수 없이 중간에 내려 H 백화점 식당에 올라가 비삠(비를 피하는 일)을 하게 되었다.

그런데 그 우연한 비가 인연이 되어 거기서 의외의 인물을 맞게 되었다. 아침부터 시작된 실의의 봉창을 거기에서 대라는 계시였던 듯도 하다. 그들도 역시 무죽거리는 모양. C와 함께 그곳을 나와 결국 하루 저녁 무료한 그들의 동무를 해주었다. 맥주 한 타(打, 12병)를 마시며 세 시 가까워서야 그 집을 나오게 되었다.

○월 ○일

연일 술타령에 몸이 말할 수 없이 피곤하다. 피곤한 것은 나뿐이 아니련만 K와 C의 멀끔한 기력에는 한 수 접을 수밖에 없다. 오정 넘어 두 사람이 찾아왔다. 그들을 대하면 피곤도 간곳없고, 나도 세력이 소생된다. K는 간밤의 탐정담을 듣고 수연삼천장(垂涎三千丈, '탐이 나서 갖고 싶은 것이 많다'라는 뜻으로 욕심이 많음을 비유적으로 이르는 말) — 그러나 중도에서 떨어진 것이 불찰이었으니 억울한 것도 없어 기회가 다시 오기를 바랄 뿐 — 강으로 나가자는 것이었다.

두 사람에게는 벌써 강의 일과가 시작되었던 것이 Y가 왔던 까닭에 잠시 끊겼다. 이제 다시 일과가 계속되매 나도 한몫 끼이게 된 셈이다. 거리에서는 소하법(銷夏法, 더위를 가시게 하는 법)으로 이만한 것이 없는 것이요, 하루 동안 나도 완전히 그 진미를 득하게 되었다. 단골집에서 찬 맥주 반 타와 통조림 등을 산 후 단골 뱃집에서 3인승 보트를 세내어 타니 '보트 속의 세 사람'이 되었다. 앞 강을 건너 반월도 옆 여울로 배를 끌어 올려 뒷강에 이르니 반날 동안의 납량터(納凉—, 여름에 더위를 피해 시원한 느낌을 주는 곳)가 되다.

앞 강과는 달라 물이 맑고 얕은 데다가 바닥에는 전면 흰 모래가 깔려 호젓한 수영터다. 보트를 강심(江心, 강의 한가운데)에 띄우고 물의 뜻대로 맡겨 두고 방향도 목적도 없이 뱃전을 붙들고 이리저리 유과(遊戈, 즐김)하노라면 그것만으로도 흐뭇하고 족하다. 물은 왜 그리 흔하고 즐거운 것인지 여름의 장련의 혜택으로는 물이 아무래도 으뜸일 듯하다. 이 풍부한 쾌미가 왜 누구나의 자유가 되는고 생각하면 신기하기도 하다. 사람이 한평생에 이렇게 흡족한 다른 무엇을 차지해볼 수 있을까? 아무리 생각해도 이것은 과분한 혜택인 것 같다. 머리만 물 위에 내놓고 수평선을 바라보면 수목 일선과 구름, 그리고 물과 — 이것뿐이다. 지저분한 협잡물 속에서 선택된 이 깨끗한 재료만이 한계에 꽉 차면서 선열한 감이 전신에 흐른다. 구름과 수목과 물은 좋은 것, 지성을 동심으로 환원시키는 것, 이런 자연을 대할 때 영탄 밖에는 더 응대할 길이 없다. 부질없이 영탄만 하는 것이 감상주의일 듯하나, 그러나 이 영탄의 동심을 잃어버렸을 때의 비참함을 생각해보라. 평생을 영탄으로 지낼 수 있는 인생은 두말없이 행복한 것이며 야박스러운 마음속에 지혜만을 감추고 한 줌의 영탄조차 잃어버리는 것은 위험하고 불행한 일이다.

영탄조를 한층 발휘해 세 사람의 나상이 강을 헤엄쳐 건너 언덕 위 마을에 이르러 풋옥수수통과 감자를 바구니에 그득히 사 담아 가지고 배에 이르렀으나 그 전원의 향기를 만끽했을 뿐 배 속에서는 익힐 수단 없음이 섭섭하다.

해가 그늘 있을 때 병 속의 여향(餘香, 남아 있는 향기)을 정복하고 배를 끌고 강을 올라갔다. 올해 들어 겨우 수영을 터득해 실력이 10미터 거리에 이르게 된 것도 유쾌한 일의 하나—강물이 범연히 보이지 않는 것도 실상은 이 까닭인지도 모른다. 능라도(綾羅島) 기슭에 배를 세우고 아래편에 무수히 떠 있는 유선(遊船, 놀잇배)들의 유흥 광경을 바라보고 포류(蒲柳, 갯버들)의 채색의 군상을 바라봄도 일흥이다. 한가할 때의 화제는 으레《데카메론》이나《캔터베리 테일》만한 것이 없다. 이 두 편의 고대 문학은 인간의 본성에 대해서 날카롭게 분석한 것으로, 출간 당시는 물론 지금도 많은 사람으로부터 회자하고 있다. 그러나 나는 이날 한 귀로 듣고 다른 귀로 흘리고 말았다. 일감을 갖고 나갔기 때문이다.

교정(校正, 교정쇄와 원고를 대조하여 오자, 오식, 배열, 색 따위를 바르게 고치는 일)의 일같이 급하면서도 흥 없는 일도 드물다. 몇백 페이지나 되는 교정고를 며칠 동안 틈틈이 봐도 쉽사리 끝나지 않는다. 하는 수 없이 배에까지 갖고 나간 것이다. 물이 튀어 군데군데 붉은 상처를 남긴 재교 고(稿, 원고)를 갖고 집으로 돌아오니 일곱 시를 넘었다.

○월 ○일

내가 K들에게로 가고 K들이 내게로 오고 해서 3, 4일 동안 강의 일과를 계속했더니 얼굴과 몸이 어느 결엔지 새까맣게 그을었다. 피곤하지 않은 것은 아니나 물속에서 엄벙하게 지내는 동안에 피곤인지 무엇인지를 모르며 지내게 되었다. 그러나 어느 때 끝내자고 약속한 일과도 아니어서 한정이 없는 것으로 오늘도 두 사람이 나를 찾아왔다.

점심 전이라고 먼저 나간 뒤 반시간 가량이나 있다가 나가서 늘 탄 차가 보트 집에 이르러 한참이나 기다려도 두 사람이 나타나는 기색이 없다. 웬일인가 하고 의아해하는 동안 거의 한 시간이 넘어서야 나타났는데, 이건 보트 놀음이 아니라 웬 것의 매생이(노로 젓는 작은 배) 하나를 타고 물 위로 나타난 것이다. 노상에서 우연히 친구를 만나 그의 매생이를 빌렸다는 것이다. 날마다 보트 사냥에도 조금 싫증이 난 판에 우리는 한 번쯤 매생이 놀음을 원해왔던 터였다. 두 사람은 벼락으로 그것을 구해냈다. 배 위에는 나뭇단과 솥과 쌀, 기타 제반 조미료가 준비되어 있어서 어죽 놀이의 장만이 제물에 되어 있다. 한 가지 부족한 것은 닭이다. 어죽은 물고기로 쑤는 것이 아니라 닭고기로 쑤는 것. 그러니 꼭 필요한 닭이 없는 것이요, 물 위에서는 그것을 구함이 고생 고생이다.

강을 저어 올라가다가 우연히 보트를 탄 B를 만나 네 사람이 한패가 되어 닭 사냥에 나섰다. 하지만 어디에서도 닭을 쉽게 구할 수 없었다. 그러던 중 뱃사람 하나가 우리를 불쌍하게 여겼던지 장에서 구해온 닭과 술, 조미료를 조금 나눠주었다. 만일 그를 만나지 못했더라면 이날 천렵은 꿈도 꾸지 못했을 것이다.

백은탄(白銀灘) 옆 반월도 기슭에 터를 잡았을 때는 이미 해가 저문 뒤였다. 강의 습속(習俗, 습관이 된 풍속)은 그렇게 유유하고, 무신경하며, 한가로운 것이다. 낮의 천렵이 밤에 이르러도 좋은 것이며, 닭 한 마리를 구하기 위해 몇 시간을 보내도 괜찮다. 시간의 관념이 거리와는 완전히 뒤바뀌어 조바심을 일으키지 않기 때문이다. 거기에 강의 수양(修養)이 있는 것이요, 그 맛에 강을 찾는 것인지도 모른다.

천렵은 일종의 분업이다. 그 때문에 쌀을 이는 사람, 불을 때는 사람, 재료를 준비하는 사람 등 각자 해야 할 몫이 있다. 그중 가장 힘든 일은 살아 있는 닭을 잡는 것이다. 오늘 그 일을 맡은 것은 K였다. 그는 죽을힘을 다해가며, 그것도 S의 조력을 받아 겨우 닭을 잡는 데 성공했다.

그나마 요리 솜씨가 뛰어난 C와 S 덕분에 죽은 진미(珍味, 빼어난 맛)였다. 이는 아전인수가 아니요, 분풀이는 더더욱 아니다. 장경관의 어죽보다도 곱절은 더 훌륭했다. 소주와 풋고추 — 어죽에는 이것이 들어가야 제격이다 — 가 들어가니 얼큰한 것이, 뱃놀이의 즐거움 중 최고는 역시 어죽 놀이가 아닌가 싶다.

식사를 마칠 무렵, 보름달이 누르스름하게 솟기 시작했다. 적벽부(赤壁賦)를 외면서 강변을 바라보니, 적벽의 운치가 따로 없었다. 모란봉의 독고(獨高, 고상함)한 자태며, 강기슭으로 길게 뻗쳐 내려간 등불, 강 위에 뜬 무수한 흥겨운 배의 풍경은 적벽 이상의 것이었다. 아직 가 보지 못한 서구의 수도 베니스의 풍치인들 이보다 더할 것 같지 않았다.

조수(潮水, 밀물과 썰물)가 들어와 호수같이 고요한 강을 저어 내려갈 때는 참으로 수향(水鄕, 강이나 하천이 아름다운 지역)이라는 느낌이 들었다. 생각건대, 지금까지 본 것 중 오늘 밤의 운치가 가장 아름다웠다. 너무도 아름다운 것이 강 놀이의 마지막일 듯한—아닌 게 아니라 마지막이 될지도 모르는 게 K가 내일 십여 일 동안 양덕으로 떠나기 때문이다. 가서 좋은 일이 있으면 편지로 급히 우리를 부르겠다고 했지만, 어쨌든 그가 빠지면 강 놀이 역시 잠시 중단되어야만 할 것이다. 하기야 너나 할 것 없이 지친 터에 얼마 동안은 휴식이 필요하기는 하다. 몸도 너무 탔다. 멀끔하게 벗어지려면 또 올해가 다 가야 할 것이다.

__1939년 8월 7일~10일 《매일신보》

⊙ 소하(銷夏)

__ '여름 더위를 덜어 잊게 한다'라는 뜻

⊙ 능라도(綾羅島)

__ 평양 대동강 가운데에 있는 섬. 예로부터 경치가 좋아 많은 사람이 휴식을 즐기기 위해 찾았다.

⊙ 백은탄(白銀灘)

__ 평양 대동강 능라도 바로 아래 있는 여울

⊙ 반월도(半月島)

__ 능라도와 마찬가지로 평양 대동강 가운데에 있는 섬. 봉화 큰 섬으로도 불린다.

⊙ 적벽부(赤壁賦)

__ 필화 사건으로 죄를 얻어 항저우에 유배되었던 소동파가 1082년 가을(7월)과 겨울(10월)에 항저우성 밖 적벽에서 놀다가 지은 작품. 7월에 지은 것을 《전적벽부》, 10월에 지은 것을 《후적벽부》라고 한다.

●●●● 이효석

처녀 해변의 결혼

인천이나 송도원이나 주을 산협(山峽, 산속 골짜기)에도 이야기는 많으나, 필연코 그 누군가가 쓸 법하기에 비교적 숨은, 그러나 친밀히 지내온 독진해변(獨津海邊) 이야기를 씀이 적당하리라고 생각한다.

독진해변은 수삼 년 동안 나에게는 찾아간 피서지가 아니요, 제물의 고장의 피서지였다. 하필 여름 한철뿐이리오. 봄, 가을은 물론 겨울에도 마음만 먹으면 쉽게 찾아갈 수 있었던 정든 곳. ─바다에 대한 나의 모든 감정과 생각은 실로 그곳에서 자라났다.

번잡하고 화려하지는 못하나, 그 대신에 맑고 조촐한 그래서 더 값진 순결한 처녀지. 장개 고개 너머 아늑한 모래밭에는 제철이면 해수욕을 즐기려는 사람들이 물개 떼처럼 지천으로 몰려와서 와글와글 들끓는다. 그러나 고개 이편 원수대로 뻗친 불역(큰 강이나 바닷가의 모래벌판. 또는 그 언저리)에는 물새가 내리고 해질 무렵이면 자디잔 새우의 무리가 뛰어 올라오올 뿐, 인간의 발자취 하나 없는 맑은 모래가 아깝게 5리가량이나 터져있다. 내가 즐겨 찾는 곳은 물론 그곳이었다.

손수 만든 밤 샌드위치(학교 농장에는 밤이 흔하였다)와 식지 않는 물통에 넣은 더운 커피는 날마다 먹어도 싫은 법이 없다. 그것만 있으면 해변의 하루는 언제든지 즐거운 것이었다. 식욕을 돋우는 늑준한 해초 냄새가 흘러오고, 먼바다에서 밀려왔을 미역 줄거리가 모래 위에 얹히고는 하였다. 포구의 발동선 소리가 심장의 장단을 맞춰 주고 아리숭하게(분간하기가 아주 어려움) 보이는 기선의 기적이 꿈을 빚어준다. 그래서인지 타고르(Tagore)와 같이 종이배를 만들어 그 속에 이름 적어 지향 없는 곳에 띄워 보내고 싶은 생각도 났다.

가장 중대하고 긴요한 점은 그곳에서 나는 다른 해수욕장에서와 같이 귀찮은 해수욕복을 입을 필요가 없었음이다. 몸에 실 한 바람 걸치지 않고 유유하고 자유롭게 모래 위를 거닐었다. 바닷물에 잠겼다 하면서 긴 날을 결코 무료하지 않게 지낼 수 있었던 것이다.

무료하지 않음은 나의 결혼에서 왔다. 나는 원시적 자태로 처녀 해변에서 날마다 결혼한 것이다— 태양과 바다와. 태양은 전신을 빈틈없이 쪼여 주고 바다 또한 전신을 속속들이로 안아준다. 태양도 바다도 나의 육체의 비밀을 샅샅이 알고 있다. 그렇다고 해서 부끄러울 것은 없다. 태양과 결혼할 때에 나는 온순한 신부요, 바다와 결혼할 때에 나는 부락스러운(거친 데가 있음) 신랑이다. 하기는 이것은 당치않은 뽐(우쭐거림)인지도 모른다. 바다와 결혼할 때에도 나는 역시 한 사람의 연약한 신부에 지나지 못할 것 같으나, 날마다 결혼하는 재미로 나는 그 처녀 해변을 무한히 사랑하였던 것이다.

— 1936년 9월 《여성》

⊙ 주을(朱乙)

— 함경북도 경성 남쪽에 있는 읍. 온천으로 유명함

⊙ 독진해변(獨津海邊)

— 함경북도 독진에 있는 해변. 한반도 최북단의 동해 바다가 한 눈에 펼쳐지는 곳으로 유명함

⊙ 타고르(Tagore)

— 근대 인도의 시인이자 철학자·종교개혁가. 1913년 〈기탄잘리〉로 노벨문학상을 수상했으며, 《동아일보》 창간에 즈음하여 〈동방의 등불〉이라는 시를 기고, 일제에 나라를 빼앗긴 한국민에게 큰 감동을 안겨주기도 했다.

바다로 간 동무에게

별 하는 일 없이 한여름을 거의 다 보내고 있습니다. 일도 일이려니와 올해는 바다에도 못 가고, 산에도 못 오르고 더운 한 고패(고비)를 거리에서 지내게 되었습니다.

산이니 바다니 듣기만 해도 그리운 소리니, 피서라는 것을 일률로 심술궂게 조롱만 할 것은 아닌 것이, 한 철 동안 건강을 길러 새 힘으로 업을 남길 수 있다면, 이 역시 필요하고 중한 일이라고 생각합니다. 피서를 못 간 신세의 저로서도 바다에 가신 형을 굳이 원하고 게염내지(부러운 마음에 시새워 욕심을 지니거나 드러냄) 않는 까닭이 여기에 있습니다.

가을일을 위하여 부디 남은 여름 햇발을 알뜰히 몸에 받아 인도 사람처럼 새까맣게 타 오십시오. 바탕은 여전하더라도 빛이나 탐탁하게요. 빈약한 체질이라 하는 소리가 아닙니다. 남의 곱절 되는 몸을 가진 비대한(몹시 살이 쪄 뚱뚱한 사람)처럼 우둔하고 보기 흉한 존재는 없는 것 같습니다. 곱절이나 되는 육체를 채우려면 아무래도 생산가치의 곱절을 소비하면 했지 덜하지는 않을 것이니 말입니다. 즉, 한 사람을 채우기에 곱절의 노동력이 들 것이니까 말입니다. 대체 한 사람에게 얼마나 큰 육체가 필요하며, 얼마만큼의 식량이 필요해야 하는지, 이것이 문제 고찰의 한 조그만 조각이 되리라고 생각합니다. 어떻든 비대한이란 신통하게도 다 같은 세기의 한 유형인 것입니다.

피서는 못 갔다 할지라도 칠십 평 남짓한 주택 속에서 그다지 무덥게는 지내지는 않습니다. 뜰 앞뒤로 초목이 무성하고, 집에는 대문까지 합하여 창과 문이 사십여 폭 달렸습니다. 벽의 집이 아니고 창과 문의 집입니다. 초목 속에 그윽하게 가려져 있는 창 안은 제법 부러울 것 없는 피서장입니다. 원래 푸른 집인 데다가 겨우살이가 함빡(분량이 차고도 남도록 넉넉하게) 덮쳐 붉은 지붕과 벽돌 굴뚝만을 남겨 놓고는 온통 새파란 겨우살이의 집입니다. 푸른 널을 비스듬히 달고 가는 모기둥으로 고인 갸우뚱한 현관 차양은 바로 산비탈에 선산장의 그것과도 흡사합니다. 이른 아침 겨우살이 잎에 맺힌 흔한 이슬방울이 서리서리 모여 아래 잎 위로 뚝뚝 떨어지는 소리를 듣기란 산골짜기 물소리를 듣는 것과도 같아 금시에 시원한 산의 영기(靈氣, 신령스러운 기운)를 느끼게 됩니다.

집을 설계한 사람은 아마도 산을 무척 좋아한 사람인 듯합니다. 머루, 다래의 넝쿨 없음이 서운은 하나, 드레드레(물건이 많이 매달려 있거나 늘어져 있는 모양) 열매 맺힌 포도 넝쿨로 대신할 수 있고, 바람에 포르르르 날리는 사시나무 없음이 한이 되나, 잎이 같은 탓으로 대추나무를 보고 만족할 수 있습니다. 동편으로는 기자릉(箕子陵) 송림 위로 모란대(牡丹臺)와 을

밀대(乙密臺)가 우러러 보이고, 그 아래 깔린 벼밭이 보이고, 옆으로는 이제 막 익기 시작한 능금(사과) 밭이 보입니다. 서에는 거리 한 부분과 풀밭과 그 위에 누운 소와 말과 아귀아귀(음식을 욕심껏 입안에 넣고 마구 씹어 먹는 모양) 풀을 먹는 염소가 눈에 띕니다. 뜰은 그림자 깊은 지름길만을 남겨 놓고 흙 한 줌 보이지 않게 화초에 덮였습니다. 장미와 글라디올러스와 해바라기는 한철 지났으나, 촉규화(접시꽃), 맨드라미, 반금초, 금잔화, 메꽃, 제비초, 만수국, 플록스, 달리아가 한창이며, 더욱이 봉선화와 양귀비, 채송화는 가장 화려하고 찬란합니다. 코스모스도 얼마 있지 않으면 피려니와 담장 밑 고목에 얽힌 울콩 꽃은 꽃다지(배춧과의 두해살이풀. 높이는 20~30cm이고 온몸에 짧은 털이 빽빽하게 난다) 같이 다닥다닥 달려 한층 운치를 더해줍니다.

옥수수포기, 호박 넝쿨도 귀한 것이거니와 가지밭, 토마토 송이도 버리기 어려운 것입니다. 소나무, 벚나무, 버드나무, 회양목, 앵두나무, 대추나무, 능금나무, 배나무, 포도시렁—이 모든 것을 나는 얼마나 사랑하고 끔찍이 하는지 모릅니다. 그것은 모두 나와 같이 살아가며 나의 생활과 함께 뜻있는 것입니다. 한 포기, 한 잎사귀가 나의 살이요, 피입니다.

나는 옷을 벗고 잠방이(가랑이가 무릎까지 내려오도록 짧게 만든 홑바지) 하나만을 걸치고 그 초목 속에 묻혀 그들과 완전히 동화되기를 원합니다. 다만, 그 마지막 잠방이까지를 벗어 버리지 못하는 사람 된 비애를 불서럽게(몹시 서러움) 여길 뿐입니다. 초목은 벌거숭이의 나와 함께 즐겨하며 뭇(많은) 감정을 나눕니다. 뜰의 초목은 완전히 풀밭과 나를 위해서 있는 것 같습니다. 마음이 한없이 즐겁고 뛰놀 제는, 그러므로 시절을 따라 변하는 초목과 함께 나의 표정과 감정도 잎사귀처럼 변해갑니다.

가을바람이 불기 시작하여 초목이 물들기 시작하고 시들어 가려 할 때 나의 마음은 얼마나 애달파질지 짐작할 수 있습니다. 남쪽 창에 그득 차 있는 오늘 이 화려한 뜰의 내일을 생각할 때, 나의 마음은 벌써 서글프게 물듭니다. 뼈를 에는 듯한 노스탤지어(Nostalgia, 향수)를 느끼게 되는 것도 이럴 때입니다.

나같이 슬픈 인간—슬픔을 많이 느끼는 인간도 거의 없을 듯합니다. 나뭇잎의 동정에도 눈물질 때가 있고, 역에서 흘러오는 기적 소리에도 마음이 스산할 때가 있습니다. 안정할 바를 모르고 늘 떠 있는 넋입니다. 사실 글자 그대로 마음의 고향이 없어요. 오늘 이 아늑한 집 속에서 초목과 함께 마음을 잡고 있으나 나뭇잎이 날리기 시작하는 날 마음 또한 지향 없이 날아갈 것입니다. 그 어느 다른 모르는 곳에 그리운 사람이 있고, 그리운 곳이 기다릴 것만 같습니다. 막상 그곳에 다다르면 도리어 이곳이 그리워지고, 그리운 사람은 가장 가까운 곳에 있음을 비로소 알게 될지도 모릅니다. 그러나 그것과 이 그지없는 마음의 방랑과는 늘 어긋나는 것입니다.

꿈을 찾아 정처 없이 내닫고 싶은 마음, 한정 없이 간 곳에 필연코 찾는 꿈이 있으려니 짐작됩니다. 혹 없을지도 모르지요. 그 잃어버린 꿈을 생각하고, 그 무엇이 늘 부족한 현재를 생각할 때 마음은 마치 벌레 소리가 일시에 자지러지게 울리듯 금세 왈칵 서글퍼지며 눈물이 빼짓이(살그머니

모습을 내미는 모양. 조금씩 스며 나오는 모양) 솟습니다. 그것은 음악의 마지막 마디가 사라졌을 때와도 같이, 마지막 손님의 발소리가 문밖에 멀어졌을 때와 같이 애달프기 그지없습니다. 사람이란 천상('천생'의 잘못. 이미 정하여진 것처럼 어쩔 수 없이) 외로운 물건입니다. 외로운 속에서 모두 각각 자기의 꿈을 껍질 속에 싸가지고 궁싯궁싯(어찌할 바를 몰라 이리저리 자꾸 머뭇거리는 모양) 서글픈 평생을 보내는 것입니다.

밤이면 벌써 벌레 소리가 제법 어지럽습니다. 가을 벌레 소리처럼 창자를 끊는 것은 없습니다. 먼 생각에라도 잠길 때면 구슬픈 벌레 소리가 가슴속을 암팡지게(힘차고 다부진 모양) 파고듭니다. 침대 마구리(길쭉한 물건의 양쪽 머리 면)를 붙들고 엉엉 울고 싶을 때조차 있습니다. 그럴 때의 심회란 첫사랑에 우는 어린 가슴과도 같습니다. 그러나 소년 시대의 감상 이상의 그 무엇— 태고 때부터 사람의 생활을 꿰뚫는 일종의 안타까운 심사가 가슴을 쥐어뜯는 것입니다.

현실과 꿈 사이에 거리가 있고 그 거리가 영원히 좁혀지지 않는 한 이 심사는 사라지지 않을 것입니다. 사람은 갖가지 욕심과 감정을 이럭이럭(이럭저럭. 정한 방법이 따로 없이 이렇게 저렇게 되어 가는 대로) 정리할 수 있는 것이나—가령, 노여움의 감정과 기쁨의 감정 등은 각각 적당한 방법으로 정리할 수 있지만, 슬픔의 감정만은 알맞게 정리하기가 거북하고 어려운 듯합니다. 감정 중에서도 가장 아름다운 이 감정—슬프니까 아름답다고밖에 말할 수 없으나—늘 사람은 하는 수 없이 가슴을 빠지지(마음이 매우 안타깝게 타는 모양) 태우고 가만히 눈물을 흘리면서 실마리가 진할 때까지 그대로 참고 받아들이는 수밖에는 없습니다. 그밖에 어쩔 수 없는 것입니다.

오늘 밤에도 벌레 소리는 요란한 것 같습니다. 청명한 날 밤에는 이슬이 많고, 이슬 젖은 밤에는 벌레 소리가 요란하니 말입니다. 책상 앞에서 불을 돋우고 앉아 있자니 얼마나 마음이 쓸쓸한지 모릅니다. 이 푸른 집을 떠나 마음은 한결같이 다른 푸른 집을 구하는 것입니다. 그것이 어디 있는지는 물론 모릅니다. 책상 앞을 그리는 마음과 창 너머 푸른 하늘을 그리는 모순된 이 두 마음. 책상은 탐탁하나 푸른 하늘은 찬란한 눈앞의 꽃밭보다도 더한층 매력 있는 것을 어찌하겠습니까. — 가을인 까닭입니다.

가을의 글이란 산만하고 두서없이 — 마치 걷잡을 수 없는 마음의 꼬리와도 흡사합니다. 슬픔의 명제를 말하고자 하였으나 생각의 실마리는 마음의 꼬리와 함께 푸른 하늘 너머로 사라져 버렸습니다. 해가 기우니 뜰 앞 초목은 한층 더 신선해 보입니다. 붉은 꽃은 반대로 어두워지고요. 이것은 아름다운 조화라고 생각됩니다. 창밖 벚나무 가지에 참새 한 마리가 날아와 갸우뚱거리며 잎사귀를 쫍니다. 팔만 뻗으면 닿을 만큼 짧은 거리임에도 참새는 나를 돌아다보지 못합니다. 나와 참새 사이에 철사망의 덧창이 가려 있는 까닭입니다. 그러나 나는 참새의 거동을 지척(咫尺, 아주 가까운 거리) 눈앞에 손에 잡을 듯이 내다보는 것입니다. 나는 문득 한 토막의 암시를 발견합니다. 창밖 꿈을 나는 손에 잡을 듯이 내다보지만 꿈은 나를 바로 들여다보지 못합니다. 여기에도 한 토막의 서글

픔이 있습니다. 가을은 이처럼 안타깝습니다.

바다에 계신 까닭에 뜰 이야기를 많이 적었으나, 도회로 돌아오시면 거리의 이야기를 써 보내지요. 부디 남은 날 즐기시다 건강한 몸으로 돌아오십시오. 조수 냄새와 파도 소리를 그리면서 붓을 놓습니다.

__1936년 10월《조광》

⊙ 기자릉(箕子陵)

__ 평양 기림리에 있는 기자조선의 시조 '기자'의 무덤. 그러나 후세에 만들어진 이 무덤이 과연 기자의 무덤인지 확실한 근거는 없다.

⊙ 모란대(牡丹臺)

__ 평양 기림리 모란봉 중턱에 위치한 정자

⊙ 을밀대(乙密臺)

__ 평양 기림리 금수산 을밀봉 밑에 있는 6세기 중엽 고구려시대의 정자

인물보다 자연이 나를 더 반겨주오

—피서지 통신①

뜰에 꽃포기(꽃의 떨기)를 말끔히 심고 가지와 토마토까지 가꾸어 놓으면서 꽃도 꽃이려니와 열매는 손에 대지도 못한 채 떠날까 말까 망설이다가 별안간 사정도 생기고 하여 불시에 이곳으로 떠나왔습니다. 서울에는 들지도 못하고 역의 폼(플랫폼)을 밟았을 뿐, 8분 동안 부랴부랴 경의선에서 함경선을 갈아타고 침대차로 주을까지, 택시로 서울까지 스물여섯 시간 동안 이곳으로 직행하여 왔습니다. 일단 와 놓고 보니 오기를 잘했다고 거듭 생각하게 되었습니다. 벌판의 자연도 활달하려니와 바다와 온천이 가까운 곳에 있어서 언제든지 손쉽게 이를 수 있는 까닭입니다. 오래간만에 전원에 와 볼 때, 항상 그 속의 인물보다도 자연이 더 반갑게 생각되는 것은 웬일인가 합니다. 그 자연 속에서 쇠잔해진 건강을 회복시킬 것을 생각하고 이번 길을 기쁘게 여깁니다.

건강이라면 올여름같이 건강을 잃었던 해도 없었습니다. 무더운 도회에서 창백한 피로에 땀을 빠지지 흘리며 지친 기관차처럼 개신거렸습니다(게으르거나 기운이 없어 자꾸 나릿나릿 힘없이 행동하는 모양). 무엇보다도 식욕이 도무지 없는 것입니다. 원래 여름을 타는 체질이기는 하지만, 어떻게 된 위(胃)인지 하루에 두어 공기의 밥조차 거부하는 것입니다. 사람마다 이렇다면 한 철 동안 식량문제는 제물에(저 혼자 스스로의 바람에) 해결되지 않겠습니까.

아침저녁으로 버찌(벚나무 열매) 냄새나는 달콤하고 씁쓸한 약즙을 마시고는 뜰 앞을 거닐며 푸른 꽃을 바라보고 가벼운 비행기 소리를 들으면서 육체를 쉬고 아껴도 헛일이어서 거리에서 외식을 하고 와서는 게우고야 말고, 차를 마시고 와서는 반드시 구역질을 하곤 하였습니다. 그래서인지 건담가(健啖家, 식욕이 왕성하여 무엇이나 많이 먹는 사람)를 대할 때면 용감한 병정이라느니 보다도 실례의 말이나 짐승으로 밖에는 보이지 않았습니다. 그래서 짐승이건, 무엇이건 좋으니 그런 튼튼한 위를 얻어 갈아 넣었으면 하는 쓸데없는 공상까지 해보았습니다.

바다니, 산이니, 피서니 하는 것이 전에는 주제넘은 소리로밖에는 안 들리더니 이제 와서 그 필요가 절실히 느껴지는 것은 그만큼 건강이 부실해진 까닭입니다. 도대체 도회생활의 문화면이라는 것에 대하여 의혹을 품게 되었습니다. 문화의 찬반 향상은 인류로서 물론 소망의 것이기는 하나 그것이 반드시 인간 본연의 뜻에 맞는지 안 맞는지는 의문입니다.

공연한 병적 감상일지는 모르나 가끔가다가 야생적인 단순생활이라는 것을 생각하게 됩니다. 얍스룩한(얍삽함. 즉, 사람이 얕은꾀를 쓰면서 자신의 이익만을 챙기려는 태도) 소위 문화생활같이 인간 생장(生長, 나서 자람)에 도리어 해가 되는 것은 없는 듯하니 말입니다.

식욕 없는 위 속에다 밥 대신에 우유를 대 홉(부피의 단위. 한 홉은 한 되의 10분의 1로 약 180ml) 씩 부어 넣어봐야 헛것입니다. 가는 철망으로 날벌레의 침입을 막고, 사흘 도리(주기)로 목욕물을 끓이고, 야채를 반드시 갈퀴에 씻고, 과일칼을 일일이 알코올로 소독하는 것이 도무지 소극적 필요에서 오는 것일 뿐이지, 그렇게 한댔자 건강은 적극적으로 초치하는 방법만은 못 되는 것입니다. 그렇게라도 하지 않으면 건강은 더 볼 나위 없어지겠으므로 솔직하게 말하면 나는 어떠한 일상사에 지쳤습니다.

여름 한 철이라도 이용하여 좀 다른 방식으로 살아볼까 한 것이 이번 길의 또 다른 목적이기도 합니다.

몸에는 될 수 있는 대로 간단한 것을 걸치고, 음식도 단순하게 마늘, 파를 생채로 씹고, 고기도 될 수 있는 대로 날것을 먹고, 조개와 섬게(성게)는 바다에서 뜯어 온 채로 삶고, 음식과 피복(옷)과 거처를 될 수 있는 대로 단순하게 해서 바다와 일광 속에서 몸을 태우고 위장을 단련시켜 보려는 것이 이 여름의 계획입니다. 이런 단순생활을 하기에야 어디엔들 부적당한 곳이 있겠습니까마는, 첫째 바다가 가까운 탓으로 이곳은 가장 알맞은 곳인가 합니다. 9월에 만날 때 증좌(證左, 참고가 될 만한 증거)로 내 탄 얼굴을 보아주시오.

날이 밝아서 차창으로는 바다가 보이기 시작했습니다. 동해의 조망으로는 그 어느 한 곳 흠잡을 곳이 없지만, 그중 기암과 회문과 용현 부근의 풍치야말로 절승(경치가 비할 데 없이 빼어나게 좋은 경치)이 아닌가가 합니다.

오전의 바다도 좋고, 오후의 바다 또한 가경(可驚, 가히 놀랄만함)이어서 그 어느 것 하나 놓칠 것이 없습니다. 백사(白沙, 백사장) 저편에 무겁게 칠 된 바다 빛은 도라지꽃과 쪽잎을 한데 쥐어짜서 담아 놓은 듯한 농벽(濃碧, 짙푸른 빛)이어서 불현듯이 식욕을 일으키게 하는 그런 건강한 색조입니다. 그대로 보고 스치기가 참으로 아까워서 내려가서 철벙거리거나 물을 휘저어 놓고 싶은 암팡진 욕심조차 일으켜 줍니다.

식당차에서 받은 아침 식탁 위에 놓인 데친 야채에 호두를 갈아서 넣은 접시가 있어서 그 호두의 풍미와 푸른 바다 사이에는 일맥의 공통되는 감각이 있는 듯도 하여 푸른 바다는 범할 수 없는 호탕한 것이기는 하나 그대로 떠다가 임의의 곳에 옮기고 싶은 그런 귀여운 감동을 주는 것이 없습니다.

__ 1937년 7월 30일《동아일보》

⊙ 경의선(京義線)

__ 서울과 평안북도 신의주 사이에 부설된 철도. 신의주에서 압록강철교를 건너 만주로 연결되고 있으나, 지금은 남북분단으로 서울~문산 간의 52.5㎞만을 운행하고 있다.

⊙ 함경선(咸鏡線)

__ 함경남도 원산과 함경북도 종성 상삼 사이에 부설된 철도. 함흥·북청·성진·나남·경성·청진·부령·회령을 거쳐 길림 방면, 그리고 두만강변 철도와 연결되는 노선이다.

⊙ 회문(會文)·용현(龍峴)

__ 함경북도 경성에 있는 지명으로 해수욕과 온천으로 유명함

●●● 이효석

계절을 다시 역행하는 듯하오

—**피서지 통신②**

연선(沿線, 바닷가를 따라서 잇닿아 있는 땅)의 자연은 아직도 철(계절)수가 어려서 수목은 활짝 펴지지 못하였고, 풀이나 곡식 포기도 푸른빛이 엷어서 전체로 선명한 초록색의 인상을 줍니다. 여름에 함경선을 타고 북행할 때 번번이 느끼는 것인데 — 일단, 관북지방에 들어서면 한번 경험할 계절을 다시 역행하는 듯한 기괴한 착각을 일으키곤 합니다. 남쪽과는 거의 한 달 동안의 철수 차이가 있어서 무성하고 활짝 피어난 자연을 보던 눈이 북진함에 따라 점차 완전히 발육하지 못한 자연을 보게 됨으로써 일어나는 착각이지만, 어떻든 젊은 시절을 다시 한 번 되풀이하는 셈이어서 유쾌하고 신선한 맛을 자아내게 합니다.

초목뿐 아니라 대기(공기) 그것부터가— 일종의 청선미(淸鮮味, 맑고 신선한 느낌)를 날려서 전체적으로 시원한 감동을 줍니다.

시절의 과실로 말하더라도 도회에는 버찌와 살구 시절이 벌써 끝나고 오얏(자두), 복숭아, 참외, 수박(비록 온실에서 난 것이라고 하더라도)까지를 먹고 왔으나, 이곳에서는 봄 과실이라고 할 만한 양딸기가 이제 겨우 끝물이오, 자연의 과실은 아직 일흠('이름'의 방언)부터가 꿈속에 있습니다. 결국, 딸기를 거듭 먹게 됩니다. 재봉춘(再逢春, 봄을 다시 맞이함)하는 셈이어서 몹시 유쾌합니다.

그러나 과실 철이 늦다고 해서 계절조차 늦은 것은 아니니, 지금은 이곳도 역시 7월이어서 중복(中伏), 대서(大暑)까지 지냈습니다만, 여름은 여름이어도 그 어딘지 시원한 맛이 있는 것입니다. 그 시원한 여름 속에서 자연이나 사람이나 철수대로 정도를 따라 자라가는 것입니다.

유치하긴 하지만, 신선한 곳에 어리니까, 신선하게 보이는 곳에 관북의 성격이 있지 않은가 합니다. 유독 자연뿐만 아니라 생활 · 문화 · 산업 · 기타 제반 인간적 분야에 있어서 모두 그런 듯합니다. 장래 도시계획이니 임업기업 공장과 비행장 설립계획 등으로 인해 산업기업 방면에 발자한(성미가 급함) 움직임이 보이고, 그 여파로 인해 거리는 늘어나고, 불과 일 년 만에 항구에는 상고(商賈, 장사하는 사람)의 종류가 훨씬 늘었습니다.

놀라운 것은 어느 틈엔지 조그만 거리에 제법 악기점이 생긴 것입니다. 한 철 지난 저급한 유행가 레코드가 밤 이슥할 때까지 쉴 새 없이 돌아가고 돌아가서 거리를 온통 요란하게 휘저어 놓습니다. 구민(衢民, 같은 구역에 사는 사람)들의 취미에 맞는 요구라면 그도 하는 수 없기는 하나, 생각하면 이 철 늦은 속악(俗惡, 속되고 악함)한 유행가의 취미 이것이 이곳의 지금 계단('단계'의 잘못. 일이나 어떤 현상이 순차적으로 진행되는 과정)이 아닌가도 합니다.

물론 이 작은 일례로 문화 전반을 유추 단정함은 위험한 일이니, 지식 교양의 높은 면은 또한 다른 곳에 멋지지 않은 것입니다. 일반으로 독서열이 높은 듯해서 서사의 발전에는 괄목할 만한 것이 있습니다.

문학예술 방면에 뜻을 두는 사람이 많음은 어디나 마찬가지여서 줄기차게 정진하고 있는 분이 눈에 띕니다. 특히 시(詩) 방면이 왕성하여서 시인들의 모임이 가끔 있다는 것은 기쁜 소식이라고 하지 않을 수 없습니다.

__1937년 8월 4일 《동아일보》

⊙ 피서지 통신

__ 이효석은 1937년 7월 30일~8월 8일까지 총 4회에 걸쳐 《동아일보》에 피서지 통신을 연재하였는데, 이 작품의 경우 김문집의 '송전해변'으로 잘못 소개된 바 있다.

●●● 이효석

관북의 평야는 황소 가슴 같소

—피서지 통신③

마을의 소재야 늘 같은 것이지만 시절을 따라 약동하는 듯합니다. 두 살밖에 안 되는 농장의 유우(乳牛, 젖소)는 벌써 새끼를 낳고 남는 우유를 집집마다 배달하게 되었습니다. 양의 우리 안에는 식구가 늘었고, 계사(鷄舍, 닭장)에서는 대낮이면 닭이 알을 낳습니다. 물콩이 장하고, 호박꽃이 피고, 옥수수수염이 자랐습니다. 갑진(甲辰) 낮에 붕긋(꽤 두두룩하게 나오거나 높직이 솟아 있는 모양)거리던 뜰 앞의 백합이 진홍으로 피어나고, 산월(産月, 산달. 즉, 아이를 낳을 달)을 한 달이나 넘은 태모에게는 드디어 한 무게에 가까운 남아가 탄생하였습니다—이것이 이 시절 관북(關北)의 전원풍경입니다.

건전한 자연 속에 묻혀서 순박한 시인은 저널리즘에 물들지 아니하고 옳다고 생각하는 길을 마음껏 걸어갑니다. 약질이 아니고, 건강하고 육중하여서 철철이(돌아오는 철마다) 수십 편의 시를 쓰고 백여 매의 시고(詩

稿, 시의 원고 또는 초고)가 붙은 것을 묵묵히 말합니다. 편마다 건강이 넘치고 관북의 기질이 흐르고 있습니다. 이곳 기질을 설명하는 대신 수중에 들어온 편 중에서 몇 절을 뽑아 보는 것도 무관할까(상관없음) 합니다.

모래밭은
푸른 꿈을 꾸었고
푸른 꿈은
푸른 장미를 낳았고

푸른 장미는
빨간 꿈을 보았고
빨간 꿈은
빨간 꽃을 깨웠다.

빨간 꽃은
사랑의 열매를 맺었고
열정의 열매는
가시 울타리 속에서
새로운 꿈을 키운다.
새로운 꿈을—

그러나 벌써
그 행복한 꿈은
이 황소 같은 가슴에
몰래 감추어 넣었다.
길이길이 기르고자.

__월파, 〈장미〉 중에서

자연의 정열을 알뜰히 뽑아다가 제 것을 만들고야 마는 것이 이곳의 기질인가 봅니다. 그러기에 황소 같은 가슴을 가지게 되는 것입니다. 황소 같은 가슴—이 시인의 시보다도, 무엇보다도 나는 이것이 부럽습니다. 나의 가지고 있는 모든 것을 던져서 이것과 바꿀 수 있다면 선뜻 바꾸겠습니다. 수(방법 또는 방도)만 틀리면 부서져라 하고 책상을 치며 자기가 매어 있는 교장(학교)쯤은 호되게 해내고도 아무런 영향도 받지 않은 그런 호담(豪膽, 매우 담대함)한 기질도 결국 그 황소 같은 가슴에서 나오는 것이 아닌가 생각할 때 부럽기 짝이 없습니다.

6월의 맑은 허공에
소리 없이 떨어지는
꽃 입술
한 잎 두 잎 흩어지는 꿈 조각 위에
시들은 인생사를

실어서 보내노니
가슴에 진 잎엔 '회의'라 썼고
머리에 진 잎엔 '고뇌'라 썼고
손바닥에 내린 잎에 '가난'을 적고
땅에서 주워선 '병'이라 적었나니
건드리는 춘풍아 몰아가거라
지는 꽃잎아 물고 가거라

계절은 배꽃처럼 밝게 웃고
계절은 배꽃처럼 향기롭고
뻐꾹새 목 놓아 신생을 찾고
내 돌배나무를 응시하나니
건강한 생리는 새로운 도덕을 낳을 게다.
명랑한 웃음은 행복의 열매를 맺을 게다.
오오 돌배꽃은…

__ **월파, 〈돌배꽃〉 중에서**

회의와 고뇌를 다 떨쳐 버리고 향수를 모르며 지내는 마음, 얼마나 건강합니까. 물론 이것은 다 '황소 같은 가슴'의 생리에서 나오는 것이 아닌가 합니다. 관북 그것이 '황소 같은 가슴'인지도 모르겠습니다.

__ **1937년 8월 7일 《동아일보》**

⊙ **관북(關北)**

__ 마천령 북쪽 지방. 즉, 함경북도 일대를 이르는 말

⊙ **월파(月坡)**

__ 시인 김상용의 호. 대표작으로 <남으로 창을 내겠소>와 <향수>가 있다. 해방 이후 미군정청이 강원도 지사로 임명했으나 곧 사임한 후 이화여자대학교 교수로 복직하였다.

이효석 해초 향기 품은 청춘의 태풍

—피서지 통신④

낡은 자전거를 수리시키고, 머리를 한 치가량이나 무질러(잘라냄) 버렸습니다. 바다에 다니려는 준비입니다. 벌판 저편으로 빤히 바라보이는 바다까지는 자전거로 10분 남짓 달리면 됩니다. 내의 바람에 잠방이를 입고, 긴 양말을 신고, 마치 가게 차인꾼(남의 장사하는 일에 시중드는 사람) 같은 차림으로 사람들의 체면도 불구하고 맨머리 바람으로 날마다 바다에 나갑니다.

이런 꼴은 전에는 질색이었으나 차차 마음에 들게 되었으며, 자전거로 벌판을 달리기란 말할 수 없이 상쾌한 것입니다.

독진 바다는 깊고 파도가 세서 해수욕장으로 완벽한 곳은 못 되나, 물이 맑고 모래가 깨끗한 까닭에 부근에서는 역시 가장 좋으며, 날이 맑아 나남 등지에서까지 사람들이 모여들 때는 백여 명의 나체가 모래 위에서 와글와글합니다.

그 숲에 섞일 때도 있고 따로 떨어져 외딴 해변에서 혼자 지울(일정한 기간이 지날 때까지 시간을 보내는 일) 때도 있습니다. 해수욕복도 오히려 주체스러운(처리하기 어려울 만큼 짐스럽고 귀찮음) 때가 있습니다.

마지막 꺼풀까지 벗어 버리기는 쉬운 노릇이 아닌 모양입니다. 그러나 외따로 떨어져 있으면 그것이 자유롭습니다. 옷만 벗으면 사람의 꼴은 다 같은 것을, 옷을 입기 시작한 때부터 계급과 차별이 생긴 듯합니다.

처음으로 옷을 벗었을 때는 꼭 이태(두 해)만이어서 희멀건 피부가 사람들 총중(叢中, 떼를 지은 뭇사람)에서 겸연쩍더니 며칠 다니는 동안 벌써 어지간히 탔습니다. 흔히 말하는 밀 빛이 아니라, 처음에는 물에 젖은 모래 빛이었다가 차차 구리쇠 빛으로 변합니다.

바닷물에 젖었다가 더운 모래 위에 나와 엎드리면 피부가 근실근실(잇따라 조금 가려운 느낌이 드는 모양) 가렵고 아립니다. 바다와 태양의 정기가 세포 구석구석으로 함빡 스며들음인가 합니다. 가슴을 벌리고 바닷바람을 숨것 들여 쉬면 바다가 그대로 가슴속에 들어와 앉는 듯합니다.

바다 냄새 — 무엇 무엇으로 되었기에 그렇게 시원하고 눅진한지 모르겠습니다. 조수 냄새, 소금 냄새, 미역 냄새, 해초 냄새, 성게 냄새, 바람 냄새, 오존 냄새 — 그 위에다 아마도 먼 육지의 냄새까지 합쳐 품은 듯합니다. 그러기에 그렇게도 복잡하고 신비롭지요. 불란서('프랑스'의 음역어)의 한 시인은 여인의 수풀 속에 복잡한 신비의 향기를 맡았으나, 바다 냄새에도 또한 말할 수 없이 복잡한 요소가 숨어 있는 듯합니다. 창생('창성'의 잘못. 처음으로 이루어짐. 또는 처음으로 이룸) 이래 오늘까지 녹아들고 잦아 들은 우주 냄새가 바로 바다 냄새가 아닌가 합니다. 여인의 수풀 속에 조그만 우주가 숨어 있듯이 바다에도 확실히 우주가 축소되어 들어앉은 듯합니다.

바다 냄새를 맡으며 먼 하늘을 우러러보면서 유구한 것을 느끼고 있으면 이 조그만 육체 안에도 우주가 숨어 있음을 깨닫습니다. 바다 뒤에는 바로 길 하나를 격하고(사이를 둠)는 산이 솟아서 길바닥에는 해당화가 되었고, 산허리 풀밭에서는 벌레 소리가 흘러와서 요란한 속에서도 고요히 정회(情懷, 생각하는 마음. 또는 정과 회포를 아울러 이르는 말)를 자아냅니다. 메뚜기의 찌익찌익 소리, 찌르레기의 찌르르르르르 소리는 벌써 재빠르게 가을의 애상(哀想, 슬픈 생각)을 암시합니다.

산머리에 해가 뉘엿뉘엿할 때 하늘을 우러러보면 물 비인지 오존인지 자옥(연기나 안개 따위가 잔뜩 끼어 흐릿함)이 끼어 햇발에 아롱아롱 날리는 것이 보입니다. 흰 모래와 붉은 해상(海裳, 바다 그림자)과 애잔한 벌레 소리와 바다와 하늘과—그대로 옮겨 가지고 싶은 해변 정경입니다.

때때로 기러기 떼처럼 해안선을 헤엄쳐 오는 제주도 해녀가 연안에 보인다 합니다. 광주리를 이고 헤엄치면서 잡은 고기를 먹고 팔고 한 시절의 벌이를 해서는 다시 해안선을 헤엄쳐서 고향으로 돌아간다 합니다. 이 또한 특이한 풍경이 아닐까 합니다.

어선이 돌아오고 발동선이 요란하게 가까워져 올 때는 해가 다 진 모양입니다. 몸이 개운한 품이 저녁에는 식욕이 한층 더 새로울 듯합니다.

(이 원고는 대부분을 바다에서 씁니다. 글자가 뒤흔들고 문맥이 어지

럽기는 하나 원고지 장장(長長, 분량이나 시간상의 길이 따위가 예상보다 상당히 많거나 긺을 나타내는 말)에다 바닷바람과 조수 냄새를 실어서 바다의 선물로 멀리 도회의 책상 위로 보냅니다.)

__ 1937년 8월 8일《동아일보》

⊙ <피서지 통신> 3회와 4회 제목 오류

__ 이효석의 <피서지 통신>은 3회와 4회의 제목이 서로 바뀐 채 게재되어 지금까지도 많은 사람이 잘못 알고 있는 경우가 많다. 그러나 글의 내용을 통해 보건대, 3회 제목이 <관북의 평야는 황소 가슴 같소>, 4회 제목이 <해초 향기 품은 청춘 통신>이 옳다.

●●● 채 만 식

비응도의 쾌유

몇 해 전 고향에 내려가 있을 때다. 여름도 한여름이던 8월 초, 별로 할 일도 없이 놀고 지내던 터라 늘 군산을 오가며 지냈다.

그날도 아침 일찍 군산에 가서 형님 집에 들렀다가는 바로 R군을 찾아갔다. 마침 일요일이라 다른 친구들도 여럿 와 있었다.

비응도(飛鷹島)에 해수욕장이 개설되었다는 이야기가 나오고, 배편이 좋다는 이야기가 나오자, 드디어 R군의 발의 ― 라느니보다는 알선으로 인해 해수욕을 가게 되었다.

말이 해수욕을 갑네 ― 했지, 실은 해수욕에는 인연도 멀고 흥미도 그다지 끌리지 아니하는 일행들이다. 차라리 멀리 서해에 떨어져 있는 비응도라는 섬과 배를 타고 넓은 바다에 나가서 하루를 보낸다는 데 더 매력이 있었다.

그리하여 누구 한 사람 수영복을 장만하려고 하지 않았고, 수건 한 장

씩만 손에 든 채 허둥지둥 선창으로 뛰어나갔다.

통통통통…

우리가 탄 커다란 목선을 끄는 조그만 발동기선(모터보트)이 계속해서 파란 가스를 뿜으며 널찍한 금강 어귀로 내려가 있다. 앞에서 끄는 발동기선에도, 뒤에 끌려가는 우리 배에도 사람은 가득가득 실렸다.

오른쪽으로는 충청도 한산과 서천, 왼쪽으로는 유명한 군산 시외의 불이식민촌(不二殖民村)이 보였다.

강어귀를 벗어나 바다가 가까이 감을 따라 물이 조금씩 맑아진다. 군산 앞의 탁류란 유명하고 물결이 거세기로도 유명했다.

물이 맑아짐에 따라 뭍(육지) 가까이서는 보이지 않던 고기가 노니는 것도 신기하다. 그중에도 놀란 것은 교어(鮫魚, 상어)다. 처음에는 사람의 대가리가 물에 떠 있는가 하였다.

강어귀를 훨씬 벗어나니 비로소 끝 간 줄 모를 바다의 둥그런 수평선이 시야에 들어온다. 장난감 같은 조그만 섬들이 담숭담숭(간격이 촘촘하지 못하고 조금 드문드문한 모양) 물에 떠 있었다. 돛을 세운 어선들이 그사이를 유유히 지나고 있다. 물이 비록 완전히 맑지는 못할지언정 역시 한 폭의 풍경화다운 느낌이다. 그리고 바다의 정취가 솟아오른다.

물론 바다라야 뭍(육지)에서 겨우 몇십 리밖에 떠나지 못한 곳이다. 만톤급의 큰 배를 타고 국제적 큰 항구를 드나들거나 대양을 건너는 그러한 특이하고 웅대한 정취는 없다. 차라리 관부연락선(關釜連絡船)을 타고 현해(玄海)에서 달밤을 새우던 때만도 못하다.

그러나 나는 크고 작고 간에 자연의 시적 혜택을 그다지 입지 못하고 자란 터라 비록 조그마하고 빈약한 풍경이나마 대하는 족족 감격이 솟아오르곤 한다.

속력이 뜬 것도 별로 지루한 생각이 없이 네 시간 만에 목적한 비응도에 우리 배도 닿았다.

해수욕장으로 설비해놓은 곳에는 그야말로 사람의 대가리가 콩나물 대가리 같이 옹기종기 들박혀서 오물거린다. 외롭던 해중(海中, 바다 한가운데)의 비응도가 이게 웬 야단인가 해서 놀랐으리라. 우리 일행은 헤엄에는 전부가 무대(제로)다.

그리하여 수심 4척 5촌(약 1.39m)의 곳까지를 생명선으로 하고 그 근처에서 오물거렸으니 그다지 재미인들 있을 턱이 없다. 다행히 세놓은 보트가 있어서 나와 R 군은 고놈을 잡아탔다. 그러나 보트의 힘을 빌려 꽤 깊은 데까지 나간 것까지는 좋았으나, 나가서 보니 바닥이 새어 물이 반 이상이나 잠기었다.

이제 죽는가 싶어 새파래진 얼굴을 서로 바라보며 노를 젓는데, 그동안에 보트는 완전히 물에 잠기었다. 그러나 가라앉으리라던 보트는 그대로 종시(終是, 끝까지 내내) 가라앉지를 아니한다. 바닷물에서는 침수가 되어도 보트는 침몰이 아니 된다는 것을 우리는 몰랐던 것이다.

해가 거진 저물어서 돌아오는 배를 탔다. 꾸물거리는 사람들이 있었기 때문에 밀물을 꼭 맞추어 떠나야 할 배가 한 시간이나 늦어졌다. 이 한 시간의 앙갚음을 우리는 톡톡히 받아야 할 것은 생각지도 못하였던 것이다.

멀리 육지가 바라보일 때 해가 저물었다. 우리 배는 속력을 돕기 위해 돛을 달았다.

갈매기는 날 저문 게 한심타는 듯이 빙빙 날아돌며 지저귄다. 나는 마도로스나 대양을 건너는 사람들이 오랜만에 육지에 가까이 다다라 항구 밖을 들어올 때 갈매기가 나는 것을 보는 것이 무엇에 비길 수 없이 감회가 깊다고 한다는 말을 들었다. 미상불(未嘗不, 아닌 게 아니라 과연) 갈매기는 마도로스에게 문자 없는 시를 준다.

조수가 다시 쓸기 시작하였다. 짐은 무겁고, 마력은 약한 우리 배는 거세게 몰려오는 역류에 난항을 계속하였다. 밤 열두 시가 지나서 겨우 군산 항구의 불빛을 바라보게 될 때는 어쩐지 이국의 낯선 항구에 들어가는 듯도 하여 이상도 하였거니와 반갑기도 하였다.

__ 1934년 7월 16일 《동아일보》

⊙ 비응도(飛鷹島)

__ 전라북도 군산에 있는 섬. 백사장 길이가 1Km에 달해 매년 여름이면 수많은 피서객이 몰려들었다.

⊙ 불이식민촌(不二殖民村)

__ 일제강점기 당시 본국에서 이주한 일본인들이 살던 마을

⊙ 관부연락선(關釜連絡船)

__ 제2차세계대전 종료시까지 부산과 일본의 시모노세키 사이를 운항하던 연락선

⊙ 현해(玄海)

__ 우리나라와 일본 규슈를 잇는 통로로, 수심이 얕은 반면 파도와 바람이 매우 심하다

백마강의 뱃놀이

여름 금강산, 삼방약수와 석왕사, 원산 해수욕장과 명사십리의 해당화 또 하다 못하면 가직한('가까운'의 전라도 사투리) 인천 월미도의 조탕(潮湯, 바닷물을 데워서 사용하는 목욕탕)… 이렇게 쭉 골라 세기만 해도 어찌 좀 선선해지는 것 같습니다.

기왕이면 얼마나 시원한 맛이 나나 보게 좀 더 자세한 것을 써보았으면 하겠지만, 원래 그런 곳이라고는 한 번도 가서 놀아본 적이 없으므로 그야말로 자반조기 한 뭇(생선을 묶어 세는 단위. 한 뭇은 생선 열 마리) 사서 달아 매어놓고 밥 한 숟갈에 한 번씩 쳐다보는 격이나, 얼마 상관이 아닙니다(차이가 얼마 나지 않습니다).

다만, 작년 여름에 모사(某社)에 있는 덕으로 하기(夏期) 백마강(白馬江) 탐방(그 강이 실상은 금강이지만, 중간의 어느 부분은 백마강이라고 합니다)을 갔던 일이 아직 어렴풋이 기억에 남아 있으니, 그것이나 이용하여 (하기야 두 번이나 부려먹기가 좀 창피하기는 하지만) 나처럼 좋은 곳으로 피서를 못 다니는 독자를 위해 간단하고도 비교적 괜찮은 피서 안내나 하나 만들어보려고 합니다.

뜻있는 독자 가운데 한 일 주일쯤 여유가 있거든 삼사 인이 작반(作伴, 동행자나 동무로 삼음)하여 내일이라도 길을 떠나면 그다지 후회하는 일은 없을 것입니다. 준비라야 비용으로 한 20원쯤 들 것이고, 함부로 굴러도 관계치 아니할 옷 한 벌이면 그만입니다. 그 밖에 카메라와 간단한 악기를 가지고 가도 좋겠고, 또 담요는 하나 필요하겠습니다. 그리고 8월 10일 전후면 음력으로는 7월 보름이니까 더위도 한창이거니와 밤이면 달까지 있어서 떠나거나 가서 놀기에 알맞을 때입니다.

푹푹 삼는 듯한 더위와 눈코 뜰 수 없는 먼지의 구렁텅이 서울을 벗어나 서울역에서 아침 열 시에 떠나는 남행 특급열차에 몸을 싣고 앉으면 시원스럽게 달아나는 그 쾌(快)한 속력과 차창으로 들어오는 선선한 바람이 벌써 반(半) 피서는 넉넉히 됩니다.

이 열차 안에서 네 시간가량 창밖 경치를 구경하고 있노라면 오후 두 시가 좀 지나서 대전역에 당도합니다. 대전역에서 잠깐 기다리다가 다시 호남선을 갈아타고 남으로 내려가노라면 다 같이 피서객의 눈을 살지게 하는 푸른 산과 맑은 강, 언덕을 몇 굽이(휘어서 구부러진 곳) 지나 오후 다섯 시쯤 되어서 강경역에 내리게 됩니다.

이 강경(江景)이 우리 뱃놀이의 최초 출발지입니다. 최초 출발지니까 다소 준비도 할 겸 또 지리도 서투르니 우선 안내를 받자면 어느 신문지국을 찾아가는 것이 좋습니다. 어디를 가든지 지방의 신문지국에서는 그 지방으로 찾아오는 탐승객(探勝客, 경치 좋은 곳을 찾아다니는 사람)을 예상 이상으로 고맙게 대접하여주니까요.

하여간 아직 남은 해가 멀었으니 안내하는 사람을 따라 시가지를 한 바퀴 휘돌아 앞산(무슨 산이라든지 이름은 잊었지만)에 올라가면 강경 시가지 전폭(全幅, 일정한 범위 전체)을 발아래로 내려다볼 수 있습니다. 그러나 이 강경이라는 곳은 강경평야라는 넓은 들 가운데서 발전한 곳이기 때문에, 다만 상업지대일 뿐, 그다지 경치나 고적(古跡, 옛 문화를 보여 주는 건물이나 터)은 찾을 곳이 되지 못합니다. 물론 약간의 고적과 소위 강경 팔경이라고 하는 몇 군데 좋다는 곳이 없는 것도 아니지만, 뭐 그다지 신통하지 못하고, 또 강을 끼고 있기는 하지만 물이 탁하기 때문에 청신한 맛이 없습니다. 그야말로 강경에 강경이 없는 것입니다.

구경을 마치고 나서 여관을 찾아들면 꼭 저녁밥 때가 알맞습니다.

저녁을 먹고 나서 달도 밝고 하니 여관 뒤편에 있는 정산(亭山)에 올라가서 소풍도 하고 또 웬만하면 맥주병이나 깨트리기에 그다지 무료하지는 아니할 것입니다. 그러나 잊어서 안 될 것은 내일 부여(扶餘)를 거쳐서 공주(公州)까지 갈 배 하나를 미리 말하여 둘 것입니다. 물론 자동차로도 넉넉히 갈 수 있지만, 그것은 아무 취미가 없습니다. 또 부여를 왕래하는 장배(시장의 상인이나 물건을 실어 나르는 배)가 있기는 하지만 때마침 그 기회를 만날 수도 없는 것이고, 또 장배를 타고 가노라면 중간에서 마음대로 놀 수가 없습니다. 한 십 원 주면 사공 딸린 조그마한 범선 하나를 빌릴 수 있습니다.

또 한 가지는 강경에 소년군(少年軍, 보이스카우트)이 있으니 천막 하나와 자취도구를 좀 주선하고, 조그마한 고기 그물 한 채를 빌어서 배에 실어 두면 반드시 쓸 곳이 있을 것입니다. 그 밖에 쌀이나 몇 되 하고, 빵 몇 덩이, 간즈메(통조림)통이나 사서 가면 넉넉하겠습니다. 거기에 맥주 다스(물건을 열두 개씩 묶어서 세는 단위)나 있으면 해롭지는 않겠지요.

밝는 날 느직이 선창으로 나아가서 준비하여 둔 배를 타고 백마강 뱃놀이의 첫길을 떠납니다.

먼저도 말한 바와 같이 강물은 얼마 가는 동안까지 매우 탁합니다. 그러나 그것은 잠깐이고 차차 가는 동안 점점 맑아지기 시작합니다.

맑고 푸른 강물에 돛대를 넌지시 달고 소리 없이 미끄러져 올라가면서 고요한 바람결에 들려오는 뱃사공의 콧노래도 듣고, 뱃전에 나앉아 시원한 찬물에 발도 잠가보고, 때때로 배를 버리고 백모래사장에 뛰어내려 한참 걸어가면서 사지를 마음껏 내어 뻗고 소리도 쳐보고, 얕은 물을 만나거든 옷을 활활 벗어 내던지고 목욕도 하여보고, 그물을 던져 한두 마리 걸리는 고기도 잡아보고, 또 가다가는 강 언덕의 주막에 올라가 백마강의 별미인 우어(이 우어(웅어)는 대동강과 한강, 금강 세 군데서밖에는 나지 않습니다)회에 입맛을 다시면서 맥주잔이나 마시기도 하고. 이렇게 천천히 가는 대로 가노라면 이른 석양에 대왕벌(王場里)에 다다라 부여의 엿바위를 가까이 바라볼 수 있습니다. 물론 빨리 서둘면 강경에서 부여까지 세 시간이면 넉넉하지만, 결코 그렇게까지 할 필요는 없는 것입니다.

엿바위에 배를 대고 언덕에서 내려 조금 가다 보면 자온대가 있고, 수북정이 언덕에서 강물을 굽어보며 위태로이 서 있습니다. 이 두 곳에 발을 잠깐잠깐 멈추었다가 다시 엿바위 나루를 건너 한 오 리쯤 가면 그곳이 바로 우리 백제의 옛 도읍지 부여문입니다. 부여, 부여, 우리의 역사 가운데 가장 눈물겨운 멸망의 페이지를 채운 백제의 옛 서울!

한 번 발을 들여놓으면 길가에 성긴 이름 모르는 풀포기와 하늘에 떠다니는 무심한 구름까지도 창연한 빛으로 우리를 맞이하는 듯합니다.

도착하면서 바로 고적을 찾아가는 것도 좋습니다. 그러나 달이 있을 터이니 일단 저녁으로 미루고, 우선 여관을 찾아들어 잠깐 쉬는 것이 좋습니다. 그러고 나서 저녁밥을 마치고 달이 돋아 오르거든 부소산(扶蘇山)에 올라가 우선 천고의 한을 머금고 어둑한 비각 속에 말없이 서 있는 유인원(劉仁願, 백제를 멸망시킨 당나라 장수) 장군의 비에 점두(點頭, 승낙하거나 옳다는 뜻으로 머리를 약간 끄덕임)하고 그 길로 사자루(泗沘樓)에 올라갑니다.

사자루는 근래에 지은 것이라 고적이라고 일컬을 것은 못 되지만 바로 발밑으로 흐르는 백마강의 푸른 물을 굽어보며 벌써 옛날에 지고 없는 낙화암의 삼백 수중 원혼을 안돈(安頓, 마음이나 생각 따위가 정리되어 안정됨. 또는 그렇게 되게 함)시키는 듯이 이른 아침과 늦은 저녁에 고요히, 고요히 울리는 고란사 종소리를 들으면서 발길을 두루 옮기기에 매우 알맞은 곳입니다.

시취(詩趣, 시적인 정취) 깊은 이가 술잔이나 기울이고 시나 몇 구 읊으면서 고요히 잠자는 옛 부여 일대를 상상하노라면 일종의 형언할 수 없는 깊은 명감(銘感, 남이 베푼 은혜를 마음속 깊이 새기어 감사함)을 맛볼 수 있습니다. 달이 밝고 먼지가 걷혔는데 주흥(酒興, 술을 마신 뒤에 취하여 일어나는 흥취)까지 띠었으니, 밤이야 깊건 말건 오래도록 놀다가 돌아오는 길에 평제탑(平濟塔)—이 탑이 만일 귀가 있어서 들을 수 있다면, 발버둥 치게 원통한 이름을 듣고 있는 기실(사실은)의 왕흥탑—을 잠깐 구경하는 것이 좋습니다. 또 길이 험하기는 하지만 사자루에서 바로 고란사(皐蘭寺)를 들려보는 것도 좋습니다.

밝는 날이 떠난 지 사흘째 되는 날입니다. 느직이 일어나서 다시 몇 군데 구경할 만한 곳을 둘러보고 어제 배를 매어두었던 엿바위로 나아가서 돛을 고쳐 달고 공주로 향하여 떠나갑니다.

엿바위에서 떠나 수북정(水北亭)을 돌아보면서 한 십 분 가다 보면 바른편 강 언덕의 산이 다다른 곳에 깎아지른 어마어마한 바위가 오랜 비바람에 시달린 자취로 고색창연하게 서 있으니, 이가 곧 낙화암(落花巖)입니다. 낙화암! 낙화암! 옛일을 알면서도 말이 없는 낙화암! 수많은 가인재자(佳人才子, 재주 있는 남자와 아름다운 여자를 아울러 이르는 말)를 울리는 낙화암! 그러나 낙화암은 말이 없고, 배 역시 무심히 지나가니, 역시 가는 길을 길게 멈출 수는 없습니다.

낙화암을 지나 비회(悲懷, 마음속에 서린 슬픈 시름이나 회포)가 더욱 가라앉을 만하면 강물은 더욱 맑아지고 강 언덕의 세사(細沙, 가늘고 고운 모래)는 더욱 희어집니다. 역시 어제 하루처럼 즐겁고 시원스럽게 천천히 올라갑니다. 가다가 날이 저물고 물새가 강물을 차고 날아들어 지저귈 때쯤이면 금성리라는 공주 땅에 다다를 수 있습니다.

오늘 저녁은 야영입니다. 주막에 들어가서 잘 수 없는 것은 아니지만, 그것은 재미가 적고, 음식이 나쁠 뿐만 아니라 모기와 빈대, 벼룩이 생으로 사람을 물어가려고 하니 웬만하면 피해야 합니다. 하기야 기왕 갖고 간 자취도구와 천막이 있겠다, 강 언덕 마른 곳을 가리어 천막을 치고, 주막집에 가서 나무를 얻어다가 설부른 솜씨나마 저녁밥을 짓습니다. 생선을 살 수 있거든 주모에게 국을 끓여 달라는 것도 좋겠지요.

이렇게 해서 둘러앉아서 먹노라면 아마 그 맛이 조선호텔에 가서 십 원 가까이 내는 정식보다 몇 곱절 나을 것입니다.

저녁을 먹고 나면 동편인 듯싶은 산봉우리에서 달이 우렷이(눈앞에 보이거나 떠오르는 모양 따위가 좀 희미한 가운데 은근하면서도 뚜렷하게) 떠오릅니다. 달이 오르거든 다시 배로 돌아와 그물질을 합니다. 물이 얕아서 그다지 어렵지는 않겠지만, 우리 재주로는 아무리 해도 몇 사람이 먹을 고기를 잡을 수 없을 터이니, 한편으로 주막 사람에게 부탁하여 얼마간 잡아달라는 것이 좋습니다.

고기가 잡히거든 주모에게 줘 회를 쳐서 배에 올라앉아 사가지고 간 맥주병을 터트리면서 먹습니다. 혹은 달을 우러러보며, 혹은 은빛 같은 고기가 잠방잠방 뛰노는 물을 굽어보면서 한 잔 두 잔 마시는 그 맛은 결코 소동파가 적벽강에서 놀던 것만 못하지 아니할 것입니다. 하물며 인내(人臭, 사람 냄새)와 음내(淫臭, 음습한 기운)가 물씬거리는 통속 피서지에 가서 뇌꼴스러운(보기에 아니꼽고 얄미우며 못마땅한 데가 있는) 꼴을 보는 것 같겠습니까. 있는 대로 마시고, 마음대로 놀고, 노래 부르고, 소리 치고 나서 적이 밤이 깊거든 주막집에 가서 섬거적(섬을 만들려고 엮은 거적이나 섬을 뜯은 거적)을 빌려다 천막 안에 펴고, 갖고 갔던 담요를 덮고 하룻밤을 새웁니다.

이튿날 아침에는 어제저녁에 먹고 남은 생선으로 주모의 손을 빌려 얼큰하게 국을 끓이고 역시 손수 지은 밥을 먹고 다시 배를 띄워 올라갑니다. 역시 어제와 그저께 똑같은 하루를 보냅니다. 같은 짓을 사흘이나 되풀이하면 싫증이 날 것 같으나, 실상 당해보면 그렇지도 않습니다. 도리어 얼마든지 더 계속하고 싶습니다.

석양(夕陽, 저녁 무렵)에 공주 곰나루를 지납니다. 곰나루에서 조금 더 가면 공주의 입문인 배다리에 배를 대게 됩니다. 이 공주가 백제의 처음 도읍지인데, 우리는 여기서 백마강 뱃놀이를 마칩니다. 타고 왔던 배는 배다리에서 작별하고, 우선 여관을 찾아들어 하룻밤을 편히 쉽니다.

밤을 지내고 이튿날 아침에 대강 볼만한 곳을 구경하고 나서 마지막으로 배다리 위에 뱃놀이를 꾸미는 것도 무료하지는 아니합니다. 공주가 그래도 시골로는 번화한 곳인 만큼 뱃놀이도 도회 풍조로 할 수 있습니다.

이것으로 피서를 마치고 자동차로 조치원까지 나와서 밤차로 서울로 돌아옵니다.

끝으로 필자의 붓이 서툴러서 독자의 마음이 당기도록 사실을 여실히(如實—, 사실과 꼭 같이) 재미있게 쓰지는 못하였으나, 실제로 한 번 가 보게 되면 그 맛을 알 것입니다.

_1927년 7월《현대평론》

⊙ **백마강(白馬江)**

_ 충청남도 부여 북부를 흐르는 강

⊙ **부소산(扶蘇山)**

_ 충청남도 부여에 있는 산. 백제 옛 궁터 · 영월대 · 낙화암 · 고란사 · 사비루 등의 고적이 있다.

⊙ **평제탑(平濟塔)**

_ 소정방이 백제를 평정한 것을 기념하여 세운 탑으로, '부여 정림사지 오층 석탑'을 일상적으로 이르는 말

⊙ **고란사(皐蘭寺)**

_ 충청남도 부여 부소산에 있는 절. 백제 말기에 창건했으며, 절 앞으로 백마강이 흐른다.

⊙ **낙화암(落花巖)**

_ 충청남도 부여 부소산에 있는 큰 바위. 백제가 망할 때 삼천여 명의 궁녀가 이 바위에서 백마강에 몸을 던져 죽었다는 전설이 있다.

●●● 강 경 애

어촌점묘(漁村點描)

내 고향 일우에 몽금포(夢金浦)를 두고도 벼르기만 하고 한 번도 찾지 못하였다가 이번에 귀향하는 기회를 타서야 겨우 찾게 되었다. 그 이름이 전 조선적으로 알려진만큼, 나는 커다란 기대와 흥미를 갖고 자동차 위에 몸을 실었다. 황막하기 짝이 없는 만주 벌판에서 자연에 퍽 굶주렸던 나인지라 그런지는 모르겠으나, 어쨌든 내가 조선 땅에 한 걸음 옮겨놓은 순간부터 '조선의 자연은 과연 아름답다'는 감탄을 무시로(특별히 정한 때가 없이 아무 때나) 발하게 되었다.

오랜 매우(梅雨, 매실이 익을 무렵에 내리는 비라는 뜻으로, 초여름인 6월 초부터 7월 초에 걸쳐 계속되는 장마를 이르는 말) 때문에 도로가 상하여 평탄하지 못함인지 자동차는 노상(언제나 변함없이 한 모양으로 줄곧) 키 까붐질(위 아래로 심하게 흔들리는 모양)을 하나, 앞에 전개되어 나타나는 전원으로부터 불어오는 구수한 냄새에 취하여 나는 괴로운 것도 미처 생각하지 못할 지경이었다. 우편(右便, 오른쪽)으로 불타산맥(佛陀山脈)이 구불구불 흘러서 마치 바다의 파도와 같이 뛰놀고, 좌로 찰석산맥(札石山脈)이 높은 듯 낮고, 낮은 듯 높아 그 뫼 됨이 자못 기이하게 보였다. 그 위에 솜 같은 구름이 떼를 지어 오락가락 한가롭다. 나는 문득 이러한 노래를 읊어보았다.

청산 위에 구름이요
구름 속에 청산인데
청산이 제 구름을 못 떠나고
구름 또한 청산을 못 떠나니
만고에 유정함을
사람들에게 보이더라.

보이느니 밭이요, 논이다. 조 이삭은 벌써 머리를 다소곳이 숙였고, 벼는 한창 살이 올라 그 잎에 기름방울을 떨어뜨린 듯 윤기가 흐른다. 풀밭에 누워서 한 눈만 감고 조는 듯한 황소는 '이 밭과 이 논을 내가 갈아서 이렇게 조와 벼를 키웠다'는 듯이 그 배 내놓음이 믿음직하다. 그리고 그 옆으로 깡충깡충 뛰어 돌아다니며 귀엽게 장난을 하는 송아지는 우리 옆집에 사는 이제 다섯 살 난 길성이 놈 같다.

멀리 산록(山麓, 산기슭)으로 농가들이 여기 오글, 저기 오글오글 모여 앉았고, 그 앞으로 냇물이 시원하게 감돌아 내리며, 마을을 싸고 날아다니는 새 무리는 그 푸른 하늘에 한껏 자유롭다. 수수밭 위에 흰 구름이 산맥을 지어 거울 같으며, 때 만난 잠자리 떼는 분주하기 끝이 없다. 나는 이 모든 것을 바라보며 고요한 마음을 가져보았다. 내 옷과 내 머리털에 바람이 훌훌히 감겨 돌아간다.

마침 자동차는 용연(龍淵)을 지난다. 나는 나의 졸작인《인간문제》의 주인공 첫째를 생각하였다. 용연! 머리를 내밀고 바라보니 몇 해 전과는 아주 달라진 듯하였다. 그러나 아직도 변하지 않고 있는 것은 저 원소(怨沼, 황해도 용연군 원동에 있는 연못)의 푸른 물뿐이었다.

"예나 지금이나 저 원소의 물은 푸르고 푸르다. 흰 옷감을 보면 물들이고 싶게 그렇게 푸르다."

첫째를 내쫓은 이 용연, 매소부(매춘부)인 그의 어머니와 불구자인 이 서방만이 아직도 그 멸시를 받으면서 첫째를 기다리고 있을 것인가. 있다! 분명히 있다. 이렇게 속으로 부르짖는 사이에 차는 석교(石橋)를 향해 달음질친다.

자동차는 석교를 지나 홍가리에서 잠깐 정류하였다가 다시 질주한다. 이쪽으로 오면서부터는 도로가 좀 평탄하다. 그리고 불타산이 평평한 잿등이 되는 듯하면서도 수림(樹林, 나무숲)이 하늘을 찌를 듯 높이 솟았다. 우리는 한참이나 하늘도 보이지 않는 수림 속으로 기어들어 간다. 바라보니 수림인즉 잡목은 섞이지 않은 송림뿐이었다.

소나무! 만주에서 얻어 보기 힘든 저 솔. 나는 언제나 저 소나무를 보게 되면 머리가 산뜻해지면서 고상한 무엇을 발견하게 된다. 바늘 끝같이 예리한 잎을 하늘을 향하여 펼치었으며 줄기는 굽은 듯 다시 올라 파란 많은 소나무의 역사를 말해주는 듯 그윽한 송진내를 피워 그 뜻 높음을 말해준다.

그 사이를 뱅글뱅글 도는 도라지꽃은 해쭉 웃고는 꼭꼭 숨어버린다. 에크! 또 나온다. 또 숨는다. 그 빛이 왜 그리도 푸를까. 심심산곡(深深山谷, 깊고 깊은 산골짜기)에서 별만 보고 자랐음인지 꽃송이가 별인 듯 속기 쉽고, 푸른 하늘을 그리워 애를 태웠음인지 그 머리 다소곳이 숙이고 수심 빛이네.

자동차는 이제부터 비탈길을 내려간다. 한고비를 돌아오면 또 한고비 막아서고, 이제는 마지막이려니 하면 또 한 뫼가 나타나서, 우리의 가슴 속까지 뫼 비탈로 가득한데, 갑자기 곁에 앉았던 일본 내지인의 아이가 꼬뚝(오뚝, 갑자기 발딱 일어서는 모양) 일어났다.

"아이, 저기가 바다야."

아이가 소리치는 바람에 우리는 일시에 앞을 바라보았다. 보아라, 저 푸른 바다! 말이 콱 막혀버리고, 바다, 바다만이다. 우리는 마음속에 조그만 생각도 숨길 수 없었다. 그저 바다만이 높고 낮을 뿐이었다. 벌써 몽금포는 수수밭 속에 숨어 얼씬얼씬 보이고 주인을 따라 나온 개가 조 밭머리에서 두리번거리다가 우리를 보고 컹— 짖고는 달아나버린다. 바다는 시시로(때때로) 그 빛을 선명하게 나타내 보인다.

어느덧 우리는 몽금포에 닿았다. 승객들은 뿔뿔이 차에서 내려 달아난다. 나는 막 잠에서 깬 듯 흐리멍덩한 정신을 겨우 진정하여 짐을 갖고 내린 뒤 조선일보 지국을 찾아 지국장의 안내로 여관을 정하였다. 그리고 그 길로 지국장을 앞세우고 구경을 떠났다.

오후 3시. 내리쪼이는 햇볕은 우리의 피부에 댕글댕글 굴러 내린다. 나는 숨이 차서 흘러내리는 땀을 씻으면서 그의 뒤를 따랐다.

"저것이 사산(沙山, 모래가 쌓여서 만들어진 산)입니다."

나는 냇물을 껑충 건너뛰어서 사산으로 달려갔다. 그리고 모래를 쥐어도 보고 밟아도 보면서,

"어쩌면 이런 산이 다 있을까요?"

하고 몇 번이나 거푸(잇따라 거듭) 말하였다. 한 줌 안에 꼭 쥘 수 없어 흘러 떨어지는 이 모래. 이 모래에 물을 부어 반죽하여 송편을 예쁘게 빚고 싶다.

우리는 발길을 돌렸다. 산을 이룬 모래가 무엇이 부족하여 해변까지 쭉 깔리었을까. 파도에 스쳐 파스스— 하고 무너지고는 또 파스스— 한다. 아마 파도가 그리워 여기까지 나왔나 보다.

나는 구두와 양말이 그만 귀찮은 생각이 들어 다 벗어서 걸머메고 걸었다. 가다가 빙그르르 돌아도 보고, 발끝으로 모래알을 날려도 보는 흥미야말로 뭐라 형용할 수 없이 좋다. 오늘은 내가 인간의 모든 탈을 벗어버린 새빨간 계집애 같다. 귀여운 계집애 같다. 발걸음을 따라 바다의 거체(巨体, 커다란 파도)가 우리 앞을 콱 막아버린다. 물결은 남실남실 사장으로 밀려 나온다. 나는 얼른 이 노래를 외어보았다.

내 귀는 바닷가의 조개껍데기
물결치는 그 소리가 그립습니다.

언제인가 신문에서 읽어두었던 이 노래가 불현듯이 내 머리에 떠오른 것이다. 바다가 이 노래를 불러, 또 불러, 내 귀를 움직이게 한 것이다. 나는 묵묵히 이 노래를 들으면서 섬몽금이(황해도 몽금포리 서북쪽에 있는 마을)까지 왔다.

우리가 섬몽금이 바위 위에 올라섰을 때는 온 우주가 벽해(碧海, 짙푸른 바다)로 된 듯한 느낌을 갖게 하였다. 하늘에 닿은 듯한 저 바다! 맺히고 맺혔던 이 내 가슴은 저 바다같이 탁 터져버리네. 내 비록 몸은 작으나 맘이야 바다에 뒤지랴.

멀리 작고 큰 섬들이 꿈같이 어리었고, 몇 척의 어선이 그림인 듯 조용하다. 갈매기가 펄펄 날아 물 위에 찰싹 내리었고, 그래서 그 날개가 파도에 젖어 무거울 듯하건만 또다시 까맣게 높이 뜬다. 필시 갈매기의 따뜻한 그 가슴에 붙은 작은 별에는 물방울이 진주같이 빛날 터이고, 그 주둥이에는 살진 물고기가 듬뿍 물렸을 것이다. 양양한('망망한'의 잘못으로 보임. 넓고 먼) 대해(大海, 넓고 큰 바다)를 맘대로 날아다니며 먹을 것을 찾는 저 갈매기. 먹을 것을 한 가슴 안은 채 어디로 가노? 너를 부러워 바라보는 어부의 모양, 한심하기 짝이 없구나.

지국장은 아까부터 이 섬몽금이에 사는 어민들의 생활상태를 이야기하였다. 나는 하나하나 귀담아들으며 긴 한숨을 쉬었다. 그리고 섬몽금이를 내려다보며 그들의 가난한 지붕을 바라보았다. 거기에도 호박 넝쿨이 대견하게 올랐는데 몇 개의 호박이 듬직하게 달려 있다. 그리 멀지 않은 곳에 장산곶(長山串)이 돌출하여 독보(獨步, 남이 감히 따를 수 없을 만큼 혼자 앞서감)의 패기를 보여주며, 뚝 떨어져 있는 사산 위의 청송(靑松, 푸른 소나무)은 마치 여인(麗人, 아름다운 여인)이 머리를 풀어헤치고 바다를 향하여 서 있는 듯하였다. 그리고 백사장에는 조수(潮水, 밀물과 썰물을 통틀어 이르는 말)가 들어와야 나갈 목선들이 군데군데 보이고, 그물을 둘러메고 어디론가 가는 어부의 모습이 바쁘다.

내가 지금 앉아 있는 바위는 그 길이가 몇십 장이나 되어 보인다. 그 아래로는 파도가 소리를 치며 달려들고 있다. 그러나 바위는 장부의 기상이 있음인지 까닥도 하지 않고, 그 몸에 굴(석화)이 기생하여 바위마저 생물인 듯 보인다.

우리는 섬몽금이를 떠나 해수욕장으로 향하였다. 백사장에는 게들이 까맣게 나와 엎드려 있다가 우리의 신발 소리에 깜짝 놀라 기겁을 하고 사라지고 만다. 가만히 들여다보니 사장에는 게 구멍이 얼(겉에 드러난 흠)이 숭숭(조금 큰 구멍이나 자국이 많이 나 있는 모양)한데 그리로 게들이 나왔다가는 들어가곤 하였다. 나는 어린애처럼 살금살금 게를 다그쳐봤다. 그러나 게는 눈 깜빡할 사이에 다시 숨어버린다. 안타까운 나는 발끝으로 게 구멍을 파며 걸었다. 가다 보니 해초 부스러기가 보이고 해진 그물이 자꾸 발에 걸린다. 나는 눈에 보이는 대로 그것을 집어 들고 지국장에게 물었다.

남녀 해수욕객들은 손에 손을 맞잡고 웃고 떠들어댄다. 그들의 몸은 해풍에 그을어 모두 새카맣다. 나는 어쩐지 그들 곁으로 지나가는 것이 부끄러운 생각이 들어 머리를 푹 숙이고 욕장 근처에 있는 바위 위에 올랐다.

여기서는 장산곶이 퍽 가까이 바라보인다. 그리고 바로 건너다보이는 조그만 섬에는 두어 개의 바위가 맞붙어 있으며 그 사이로 약간의 풀대(풀줄기)가 가난해 보였다. 그 섬 앞으로 해수욕하는 사람들이 고기떼같이 밀려다니다가 사장으로 뛰어나온다. 일부는 종일 멱 감기에 지쳤음인지 사장에 쭉 돌아앉아 있거나 혹은 누워서 휘파람도 불고 노래도 부르며 통 움직이려고 하지 않았다. 햇빛은 사장 위에 대글대글('데굴데굴'의 잘못) 구르는데 그들의 얼굴은 마치 원숭이 같다.

통통하게 살찐 여인 하나가 어린애를 데리고 그의 남편인 듯한 사나이와 손을 맞잡고 댄스를 한다. 푹 퍼진 엉덩이가 둥실둥실한다. 어린애는 어머니를 따라 댄스는 못하고 그저 그 큰 엉덩이를 따라 깡충깡충 뛰는 양이 귀여워 보였다.

그러다가 그만 해풍이 올려 불어, 오슬오슬 춥고 피곤해져서 어서 들어가기를 재촉하였다. 우리는 바위를 떠나 내려왔다. 별장과 해수욕장과의 거리가 먼 까닭인지 자동차는 무시로 드나들며 객들을 실어 날랐다. 우리가 자동차 머무는 곳에 왔을 때는 해수욕하던 사람들이 옷을 갈아입고 아까와는 달리 점잔을 빼고 서서 자동차를 기다리고 있었다.

여기는 섬몽금이에서 뚝 떨어진 곳으로 해수욕장 바로 뒤였다. 그런데 헛간 하나를 두고 네다섯 집이 정답게 모여 앉았다. 지붕에는 호박 넝쿨과 박 넝쿨이 푸르게 올라 바다를 바라보고, 뜰에는 쑥과 억새가 우거져 푸른 자리가 되어 쭉 깔렸다. 거기에 닭들이 모이를 찾고, 돼지들이 기다란 주둥이를 내밀고 땅을 쑤시며 꿀꿀댄다. 그리고 군데군데 굴 껍데기와 조개껍데기가 수두룩이 쌓였다.

나는 헛간으로 들어가 보았다. 거기에는 고기 잡는 기구가 가득하였다. 작은 그물, 큰 그물이며, 목선 오그라진 것, 발(통발) 같은 것들이었다. 헛간 앞에는 시멘트 콘크리트로 만든 아궁이가 있으며, 거기에 시멘트 콘크리트 가마 두 개가 가지런히 걸렸다. 그 안은 쇠로 되었는데, 지금은 녹이 슬었다. 그 가마는 멸치를 삶는 것이라고 하였다.

마침 우리 옆으로 계집애가 바구니를 들고 지나간다. 나는 쫓아가서 바구니를 들여다보았다. 담청색 멸치가 절반이나 차 있었다. "멸치는 봄에 잡힌다면서 웬일입니까?" 물으니, 때때로 이렇게 조금씩은 잡힌다고 하였다.

계집애는 부끄러웠던지 슬금슬금 달아난다. 계집애의 뒷모양을 바라본 나는 그의 옷이 말할 수 없이 남루함을 알고, 갑자기 "오! 저 계집애는 이 농촌에 사는 가난한 어부의 딸이구나."라고 하였다. 그 머리며 손발의 장대함이란… '이번에 내가 여기 온 것은 저들의 생활을 탐구하러 온 것이다'는 부르짖음이 내 가슴을 뜨겁게 흔들어 놓았다. '오냐! 작가로서의 사명이 뭐냐. 이 현실을 누구보다도 똑똑히 보고 또 해부하여 가지고 작품을 통해 일반 대중에게 나타내 보이는 데 있는 것이 아니냐. 예술이 민

중의 생활과 분리된다면 무슨 가치가 있으랴.' 그러던 중 차가 달려오므로 우리는 자동차에 올랐다.

차는 스르르 하고 사장을 달렸다. 무심히 쳐다보니 빨가숭이(벌거숭이) 어린것들이 해변에 앉아서 게를 잡는 모양이다. 그곳에서 조금 떨어진 곳에 흰 물새들이 나란히 앉아 역시 먹을 것을 찾고 있다. 어느덧 그 귀여운 것들은 까맣게 사라지고 바다와 청산만이 핑핑 맴돌이(제자리에서 서서 뱅뱅 돎)를 친다.

별장 앞에서 우리는 내렸다. 목제(木製, 나무로 물건을 만듦. 또는 그 물건)인 별장은 깨끗해 보였다. 별장을 싸고 잡풀이 우거진 뜰에 천막이 여기저기 널려 있었고, 메뚜기가 푸르릉 날며, 쑥 냄새가 가득하였다.

우리는 별장을 뒤로하고 천천히 걸었다. 길 좌우 옆에는 온갖 잡곡이 길길이(성이 나서 펄펄 뛰는 모양. 여기서는 '가득'이란 의미) 들어찼다. 나는 조 이삭을 쥐며 혹은 수수 이삭을 쳐다보면서 이번 장마의 수해(水害, 장마나 홍수로 인한 피해)에 관해서 물어보았다. 그리고 고기잡이에도 몸이 지쳤을 터인데, 어찌 또 농사를 이렇게 하였을까? 라는 감탄과 함께 가을에 당할 일을 떠올리며 한숨을 푹 쉬었다.

멀리 섬몽금이를 바라보며 그들의 참혹한 생활을 어서 바삐 목도하고(눈으로 직접 봄) 싶었다. 배 한 척을 갖고 네다섯 집이 매달려 사는 이 빈한한 어촌의 백성들. 그들에게 있어서 저 보기 싫은 목선이나마 얼마나 갖고 싶을 것이며, 그 배를 저 바다에 둥실 띄워 놓고 얼마나 고기를 잡고 싶으랴. 해서 그들은 경비선의 눈을 피해 몰래 고기를 잡다가 들켜서는 벌금을 물게 되고, 또 나무가 없어서 장산(長山 — 일본 기업 미쓰비시 소유)의 나무를 베다가 붙들려 매를 맞는 그들. 아아, 그러면 저 깊은 바다는 누구를 위해 고기를 한 바다 가졌으며, 장산의 청송은 누구를 위해 저리도 낙락장송이더냐.

저녁을 먹은 우리는 낙조를 보기 위해 급급히(한 가지 일에만 정신을 쏟아 다른 일을 할 마음의 여유가 없는 상태) 달렸다. 사산 위에 올라왔을 때는 낙조를 탐내 올라온 유객(遊客, 여행객)들로 이미 떠들썩하였다. 바라보니 아직도 해는 수평선과의 그 거리가 멀다. 아까워라, 검은 구름이 수평선을 싸고 슬슬 감돈다. 우리는 행여 검은 구름이 벗겨지면 하고 안타깝게 기다렸지만 반대로 구름은 해를 향해 자꾸만 올라온다.

우리는 어쩔 줄 몰라 헤매었다. 어떤 이는 화를 더럭 내며 내려가 버렸다. 아니나 다를까 구름이 마침내 해를 가린다. 그리고 그만 그 빨간 불덩이가 구름에 저 모양이 되어 캄캄하다. 나는 어찌나 성이 나는지 어린애같이 두 볼이 퉁퉁 부어서 돌아서고 말았고, 애꿎은 모래 산만 탕탕 굴렀다. 그러나 거기에서도 무엇을 찾으려고 눈을 들었다. 저 가난한 어촌을 둘러싸고 구불구불 돌아앉은 일만(여기서는 '많다'는 의미) 산의 그 푸른 봉우리는 시커먼 구름을 애써 뚫고 흐르는 잔조(殘照, 낙조)의 베일을 길게 쓰고서 생불('살아 있는 부처'라는 뜻으로, 덕행이 높은 승려를 이르는 말)인 양 침묵하고, 그로부터 일어나는 숭고한 산악미는 하늘 끝까지 뻗쳤으며, 산록으로 젖빛 안개가 몽실몽실 떠돌아 흐르다 거기에 아늑하게 앉아 있는 저 어촌에서는 이제야 저녁연기를 풀풀 피우고 있다. 솥에서 생선국이 달랑달랑 끓는지.

나는 다시 돌아섰다. 이제 사람들은 거의 다 내려가고 몇몇만 남아 있을 뿐이었다. 해는 확실히 수평선에 걸렸는데, 시커먼 구름은 여전히 해를 가리고 있었다. 구름을 호령하는 듯한 무서운 광선은 온 바다를 움켜쥐려는 듯했으며 고함을 치려는 것 같았다. 하나 바다는 그 넓은 가슴을 아낌없이 벌리고서 해를 포옹하였다. 이 순간 삼라만상(우주 안에 있는 온갖 사물과 현상)은 그들을 위하여 머리를 다소곳이 숙였다.

내가 서 있는 사산(沙山, 모래로 된 산)은 금모래 산이 되어 쭉 달려 내려갔는데, 거기에 술잔 같은 웅덩이, 웅덩이가 오글오글(여러 군데가 안쪽으로 오목하게 들어가고 주름이 많이 잡힌 모양)하였다. 그리고 그 하나하나마다 빨간 물이 찰찰 넘쳐 흐르고, 그 물에 하늘이 동동 떠돌아간다. 아마 그 조그만 웅덩이는 지금 하늘을 꿈꾸고 있는 모양인지… 언덕은 하얗기가 눈 같아 십 리에 이어 닿았으며, 해당화가 둥글둥글하게 엎드려 있다. 귀엽다, 저 모양… 내 애기 머리털같이. 그 위로 해풍이 제비같이 나는 곳에 파도 소리 은은하다.

이제 해는 수평선으로 넘어가고, 온 우주는 캄캄하였다. 나는 그만 돌아서 걷기 시작하였다. 몇몇 사내들도 내 뒤를 따랐다.

"아니 형님, 이게 웬일이야?"

내 동무의 동생인 고일신 양이 뛰어와서 내 손을 잡는다.

"언제 왔니?"

"난 아까 아침에 효애 석건 다 같이 왔어. 형님은?"

"난 혼자 왔다."

"에이 어쩌믄. 그런 줄 알았더라면 형님도 같이 오자고 할 걸."

"나야 감히 그 축에 섞이겠니."

"에이, 형님두."

우리는 사산을 내려와서 나무다리를 건넜다. 물속에 별이 하나둘 빛난다. 그리고 저 멀리 해변에는 게 잡는 불이 줄지어 나타난다.

"우리도 게 사냥 갈까?"

"이애, 오늘은 내가 곤해서 죽겠다."

"좀 놀다가 가자구요. 벌써 들어가서 더운데 뭘 하나."

일신이는 나를 돌려세웠다. 나는 하는 수 없이 그에게 이끌려 다시 사산 밑으로 와서 앉았다.

"형님, 노래나 한마디 해요. 이렇게 산 좋고 물 좋은 데 와서 그냥 있을래요?"

"오냐 네 말이 맞았다. 그래 난 몰라 못하지만, 너라두 하려무나."

"에이, 형님두. 어서어서 한마디."

너무 조르는 바람에 낮에 들었던 어부 노래를 아무렇게나 불렀다.

장산곶 마루에 북소리 나더니
소금 배 갈치 배 다 들어온다네.
에헤야 둥둥 내 사랑아

물세 좋다고 곧 돌지 말고요
몽금이 개암포 들렀다 가구려
에헤야 둥둥 내 사랑아.

"오호호, 여기 노래구먼. 형님도 참 언제 다 배웠소? 뱃사공 사귀었소, 호호."

"그래, 뱃사공 사귀어서 배웠다."

나는 이렇게 대답하면서 참말 그들과 사귀어서 이러한 노래라도 친히 듣고 싶었다. 게불은 점점 그 수를 더하여 도회의 야경을 들여다보는 것 같고, 멀리 서울의 시가지를 생각하게 하였다. 우리는 무심히 자꾸 모래를 쥐어뿌리면서 되는 대로 노래를 불렀다.

별두 별두 밝고
게불도 밝은데
이 모래로 떡을 빚어
너도나도 먹자꾸나.

우리는 퍽이나 오래 앉아 있다가 여관으로 돌아왔다. 그리고 일신이는 나와 함께 있기로 하고, 나는 여관을 옮겼다.

불을 끄고 누우니 웬일인지 잠이 다 달아나버리고 만다. 나는 내일 섬 몽금이에 사는 어민들의 집을 찾아보리라고 생각하며 눈을 꼭 감아버렸다.

8월 12일

__ 1935년 9월 1일~6일《조선중앙일보》

⊙ **점묘(點描)**

__ 물감을 점으로 찍어서 그림을 그림. 또는 그런 기법

⊙ **인간문제(人間問題)**

__ 1934년 8월 1일~12월 22일까지 120회에 걸쳐 동아일보에 연재된 강경애의 소설. 여성의 해방 의지와 그 좌절의 비극을 형상화해 일제강점기 가장 뛰어난 여성소설로 꼽힌다.

⊙ **몽금포(夢金浦)**

__ 황해도 장연 장산곶 서쪽에 있는 포구. 해수욕장으로 유명하며, 규사 해안과 사구가 발달했으며, 노송이 우거지고, 해당화가 만발하여 예로부터 한국 팔승의 하나로 알려진 곳이다.

⊙ **불타산맥(佛陀山脈)**

__ 황해도 삼천과 신천 경계에 있는 까치산에서 시작해 용연반도 서쪽 국사봉까지 뻗은 산맥

⊙ **장산곶(長山串)**

__ 황해도 장연 반도 남쪽 끝 지역. 해수욕장이 있으며, 대청도·소청도·백령도 등이 바라보인다.

천렵(川獵)

물속에 들어서서 한참 그물을 끌고 다닐 때는 오직 고기를 그물 안으로 몰아넣는 것에만 정신이 집중되어 힘이 든 것은 물론 더운 것도 모두 잊고 지낼 수 있다. 하지만 일단 그물을 놓기만 하면 제정신이 돌아와 오력(五力)이 폭삭함을 느끼게 되고, 숨이 턱턱 막힘을 참을 수 없다. 더욱이 등이 델 것을 염려해 헌 셔츠 나부랭이를 걸치고 나서기는 했지만, 오늘따라 어찌나 볕이 따가운지 그것도 아무 소용이 없었다. 어깨가 어지간히 쓰린 것이 아니었다. 며칠 동안을 연거푸 해왔으니 당연히 그럴 만도 했다. 사실 어제까지만 해도 이렇게까지 통증이 심하지는 않았다. 오늘 하루 만에 등이 익을 대로 다 익어 이렇게 된 것이다. 저녁에 집으로 돌아와 세수를 하려니 목덜미에 손이 갈 때마다 뜨끔뜨끔한 것이 무척 쓰렸다.

이렇게 일기를 써 놓고, 그 이튿날부터는 아예 천렵을 하지 않으리라 마음먹고, 한 권의 책 위에다 부채를 받쳐 들고 여가 때면 언제나 모여서

서퇴(暑退, 더위를 물리침)를 하던 송림 속의 군현학당을 찾았다.

그러나 여기서 친구를 만나 어제 있었던 천렵 이야기를 나눌 줄이야. 교묘하게 그물 안으로 고기를 몰아넣던, 그리하여 고기가 몰려들던 그 찰나의 묘미를 도저히 잊을 수 없었다. 그러자 눈부시게 은린(銀鱗, 은빛이 나는 비늘)을 번득이며 물 위를 뛰어 달리는 고기떼가 갑자기 눈앞에서 어물거렸다. 그때, 누군가가 천렵을 하러 가자며 얘기를 꺼냈고, 등덜미를 뻘겋게 구어 가지고 돌아오면서 다시는 천렵을 하지 않겠다던 어제저녁의 굳은 맹세는 여지없이 웃음으로 깨어지고 말았다. 오히려 누가 반대하는 사람은 없을까 하는 마음에 조용히 눈치를 살피며, 쓰라리게 익은 어깨에 그물을 둘러멘 채 송가포(宋家浦)로 향했다.

이것이 내가 십여 년 전 천렵을 시작하던 그해 여름의 잊히지 않는 한 토막 기억이다. 그리고 이렇게 천렵에 맛을 붙인 다음부터는 독서도, 창작도 완전히 잊은 채 집에 일이 있건 말건, 등이야 익어 꺼풀이 벗겨지건 말건, 오로지 천렵에만 매달렸다. 그리하여 그 한 해 여름을 줄곧 물속에서 살았다.

그물로 고기를 몰아서 잡는 것이 천렵의 전부는 물론 아니었다. 물의 심천(深淺, 깊음과 얕음)에 따라 그 방법은 몇 번이고 고쳐졌다. 비가 와서 강물이 불으면 물 가운데서 자유롭게 그물을 끌 수 없다. 이럴 때는 낚시로 고기를 잡는 것이 훨씬 낫다. 그러다가 얼마 동안 한천(旱天, 쨍쨍한 여름 하늘, 또는 그 날씨)이 계속되어 능히 물속에서의 행보가 자유롭게 되면 다시 낚싯대를 던져놓고 그물을 끈다.

물이 얕을수록 낚시질이나 자리질도 한결 더 재미가 더 있어지는 것이기는 하나, 그 잡히는 수로 볼진대 그물을 끄는 것에는 비할 수 없다. 비록 고기를 잡는 맛은 낚시질이 최고지만 잡히는 수로는 그물질만 한 것이 없다. 이런 욕심이 여름 내내 등을 뜨거운 햇볕에 내어주게 하는 것이다.

하지만 이러한 장난에서 잡히는 고기는 그다지 식욕이 당기지 않는다. 더욱이 메기나 가물치 같은 종류에 이르러선 입에 댈 비위조차 갖지 못한다. 다만, 그 고기를 잡는 재미, 그것이 그렇게도 자꾸만 나를 천렵으로 끌어낸다. 어느 여름 한 철에는 먹는 양보다 잡는 양이 훨씬 더 많아서 날마다 그릇이 철철 넘치게 밀려듦으로 처치할 방법이 없어서 작은놈은 골라서 조림을 하고, 큰놈일랑 독에다 물을 붓고 길러 가며 먹어 본 적도 있다.

천렵이 일단 시작되면 지는 해가 아쉬웠고, 흐린 날이 원망스러웠다. 온종일을 더위와 싸우며 그 무거운 그물을 끌고 돌아다니고, 그리하여 해가 서산머리 위에 올라앉을 무렵이면 피로가 여간한 것이 아니었건만, 지는 해가 왜 그리 아쉬운지. 날이 밝기만 하면 또다시 그 장난일 것을, 물속에다 미련을 두고 돌아오게 된다. 그러다가 하늘이 흐려 별빛이 윤택을 잃게 되면 비가 오려는 것은 아닌가 하는 조바심에 이불 속에 누웠다가도 문을 열고 나가 하늘을 우러러보기를 몇 번이고 거듭하기도 한다.

만일 내가 지금도 시골에 있다면, 으레 이 여름도 등이 뻘겋게 익은 채 낚시나 혹은 그물을 둘러메고 날마다 밤이 새기 바쁘게 강변을 찾아다닐 것이 틀림없다.

서울서도 낚시질 같은 것은 가다가 한때씩은 직장의 휴일을 이용하여 기렵에의 욕망을 어느 정도까지는 만족시켜 볼 수도 있을 것이기는 하나, 역시 시작을 하여 맛을 들여놓고 보면 그것에의 유혹이 더욱 심할 것이어서 아예 생념(生念, 어떤 생각을 가지거나 염두를 냄)을 내지 않고 있다.

목랑우(木朗友, 죽마고우)가 뚝섬으로 나가면서부터는 낚시질을 시작한 모양으로 휴일 다음 날이면 그 성과를 보고 하고 일일의 행락을 같이 가져 보자고 유혹을 하는 것이나 연속적이 되지 못할 다만 하루 동안에 그치고 말 그러한 성질에 더 나아가지 못할 것을 깨달을 때, 마음은 여전히 내키지 않아 올해도 이제껏 단 하루의 낚시질도 가져 본 일이 없다. 적어도 열흘이나 그러한 시일의 여유를 못 가지게 된다면 그것은 앞으로도 영원히 있지 않을 것이다.

__ 1939년 8월 《여성》

⊙ 천렵(川獵)

__ 냇물에서 고기잡이하는 일

⊙ 오력(五力)

__ 수행에 필요한 다섯 가지 힘. '신력·염력·정진력·정력·혜력'을 이른다.

⊙ 송가포(宋家浦)

__ 계용묵의 고향인 평안북도 선천 삼성리에 있는 개울

김 상 용

동해 사장(沙場)의 신비한 밤

생(生)과 무(無)의 환영(幻影) 속에서

이는 거년(去年, 지난해) 동해안 해변에서 천막생활을 할 때 하룻밤의 경험을 그대로 적어본 것이다.

밤이다. 새로 두 시, 깊을 대로 깊어진 밤이다.

오늘—자정이 지났으니 이제 어제라고 해야 옳겠다—아침에 H군을 보냈다. 종일 혼자서 헤엄을 치거나, 잠을 자거나, 혹은 책을 읽거나 했다. 몹시 심심하였다. 때때로 몰려드는 적막한 심사를 어떻게 해야 할지 알 수 없었다. 그럴 때면 왜 날조차 길어지는지 모른다. 거의 해가 질 때가 되었으려니 하고 서산을 바라보면 아직도 해는 높다랗게 떠 있는 것이다.

저녁엔 바람이 없어 몹시 고요하였다. 상현달(上弦—)이 꿈같이 모래 위

를 비추는 것이다. 바다는 솔로 쓸어놓은 듯이 짝이 없이(비할 데 없이 대단하거나 매우 심함) 평활하였다. 그래도 어느 구석에 동요(물체 따위가 흔들리고 움직임)가 있는지 특유한 큰 물굽이(파도)가 사빈(沙濱, 모래가 많이 퇴적한 해안 지형)에 깨지던 것이다.

나는 모랫둑에 두 다리를 뻗고 앉아 물과 모래가 어우러진 곳에 부서져 흩어지는 흰 물거품을 바라보았다. 말없이, 별다른 생각도 없이 바라보았다. 시름이라곤 없었다고 할까. 하여튼 내 모양이 무던히도 호젓해 보였을 것이다. 혹 달빛을 따라 나온 한두 사람이 내 앞을 지나기도 하였다. 그러나 그들도 내 고요함을 하마(행여나) 깨뜨릴세라 조심조심 지나갔던 것이다. 꽤 오래 앉아 있었던 것 같다. 그러나 얼마 동안 앉아 있었는지는 나도 모른다.

별안간 와— 하고 한 떼의 바람이 지나갔다. 그러자 갈아놓은 것 같은 바다 위에 잔물결이 인다. 거무하에(居無何—, 시간상으로 있은 지 얼마 안 되어) 또 다른 한 떼의 물결이 잦아진다. 수천(水天, 수평선을 달리 이르는 말)이 연(連, 잇닿아 있음)한 희미한 저—가에 무슨 검은 덩어리가 일어나는 것 같다. 일어나서는 차차 자라는 것 같다. 분명 비를 실은 구름떼다. 새파란 비, 파도, 밤. 내 마음은 바빴다.

달은 덕망산 뒤에 떨어지려 한다.

나는 천막 줄을 고쳐 매고 문을 단단히 닫았다. 책을 읽으려고 촛불을 켜놓았었다. 그러나 4, 5줄을 읽기 전에 책을 발치로 던지고 불을 껐다. 달은 그동안에 아주 져버려 불 끈 뒤의 천막 속은 몹시 컴컴하였다.

__ **1934년 8월 1일〈생활의 편상〉**

⊙ 상현달(上弦—)

__ 음력 매달 7~8일경 초저녁에 남쪽 하늘에서 떠서 자정에 서쪽 하늘로 지는 반달

●●● 최 서 해

여름과 물

뒤에는 푸른 산, 앞에는 긴 강, 그사이에 하얗게 깔린 그리 넓지 않은 백사장은 뜨거운 볕에 달아올라 이글이글하다.

나는 푸른 보리밭을 지나 백사장으로 나아갔다. 뜨거운 모래에 발바닥은 뜨겁게 달아오르고, 발갛게 깎은 머리에 스며드는 볕은 뇌장(腦漿, 뇌척수액)을 끓이는 듯하다. 콸콸—쏟아지는 여울 소리처럼 간간이 녹음(綠陰, 푸르고 울창한 숲)을 스쳐오는 바람이 서늘하다.

이른 새벽부터 초로(草露, 풀잎에 맺힌 이슬)에 베잠방이(베로 만든 옷)를 적셔가면서 기음(氣淫, 이상 기후)에 피곤한 촌사람들도 뜨거운 정오의 햇볕을 피해 강가로 나왔다. 물속에서 물장구치는 아이들, 버들 그늘에서 낚싯대를 드리운 늙은이, 모두 대자연의 한 덩어리처럼 보인다.

나는 옷을 활활 벗었다. 그리고 뜨거운 모래에 움츠러든 발부터 얼른 물속에 넣었다. 보이지 않는 느긋한 물에 떨어진 햇살은 검푸른 물속에 속속히 흘러들어서 푸른 바탕에 느릿한 비단—발(길게 쭉 내리 펼쳐진 비단) 같다. 잠잠한 물은 무릎에 와서 부딪쳐 아른아른한 길을 지으며 흐른다. 띄어놓는 걸음을 따라 두 다리를 점점 더 깊이 잠기는 산뜻한 물기운은 부글부글 끓는 피를 맑고 깨끗이 식힌다.

나는 팔을 쭉 폈다. 그리고 몸을 솟구쳐 물속으로 풍덩 뛰어들었다. 고요하던 물에 굵은 파문이 일고, 햇볕 사이로 영롱한 구슬 같은 물방울이 퍼졌다. 싸늘한 물이 내 몸을 안을 때, 나는 묘한 쾌감을 느꼈다. 껍질을 뚫고 살에 스며들어 뼛속까지 사무치는 물기운은 청정하고 경쾌한 느낌을 주었다. 머리 위에 빛나는 태양은 자연을 뜨겁게 비추건만 나와는 아무 상관없다.

나는 두 발로 물을 차고, 두 팔로 물을 끌어당기었다. 내 몸은 순한 물길을 좇아 둥실둥실 아래로 흐른다. 천 일이고, 만 일이고 이 물에 이렇게 밀리면서 하늘 끝닿는 데까지 가고 싶다. 물개암나무가 우거진 조그마한 섬을 향해 엉금엉금 기어올랐다. 강렬한 볕 아래 강풍에 반짝반짝 흔들리는 푸른 잎이 마치 수정처럼 맑다.

물속에서 으스스 식은 몸을 햇볕에 다시 내놓자 긴장했던 힘줄이 풀렸는지 졸음이 스르르 쏟아졌다.

출렁출렁한 목소리! 반짝반짝 선명한 녹음, 서늘한 바람, 그사이에 시름없이 앉아 있는 나…. 어떤 괴로움도 느낄 수 없다.

아! 우주와 인생은 아름다운 것이다.

__1925년《조선문단》

●●● 최 서 해

해운대

자동차에서 내린 나는 해운루(海雲樓)문 앞에서 한참 망설이다가 해안을 향해 발을 옮겼다. 때는 오후 5시 반. 여섯 시 반에 해운루 앞에서 만나기로 한 김 군은 자전거로 벌써 와서 해안으로 통하는 길옆 어떤 일본 집에서 기다리고 있었다.

나는 그가 기다리는 곳을 돌아보면서 그가 인도하는 대로 따라 나갔다. 온천이든지 놀이터의 시설은 별로 보잘것없었으나, 청산과 바닷소리만은 시들은 마음을 살리고도 남았다.

푸른 논을 지나 백사장에 들어섰다. 날씨가 흐리고, 바람이 고약하니, 물살이 한껏 더 거칠어져 해수욕하는 사람들을 찾아볼 수 없어 매우 쓸쓸했다. 물결이 물결을 밀고 들어와 하얀 거품을 지우고 사서(沙緖, 모래 위)에 쭉 퍼졌다가 도로 밀려들어가는 것이 바닷가에서 나서 바닷가에서 이십 년이나 자란 내게는 그리 신기할 것은 없었다. 그러나 망망 수평에 눈을 던질 때의 상쾌한 맛은 걷잡을 수 없었다.

해운대 끝에 흐트러진 오륙도를 바라보고, 멀리 수평선 끝으로 그림같이 떠 있는 고범(孤帆, 외롭게 떠 있는 배)을 볼 때 성진 망양정(望洋亭, 함경북도 성진에 있는 정자)이 문득 생각났다.

산천도 인물과 다름없다. 시대와 환경을 잘 만나야 그 이름이 사람들의 이야깃거리가 되는 것이다. 우리가 동정호(洞庭湖)와 아미산(峨眉山)을 대동강이나 금강산보다 더 동경하는 것 역시 그 때문이다. 성진의 자랑이요, 명승지인 망양정도 교통이 좋은 곳에 있었다면 해운대보다 나으면 나았지 못하지 않았을 것이다. 암만 봐도 내 눈에 비치는 해운대는 망양정에 비길 수 없다. 그러나 오래 두고 동경하던 곳을 처음 밟게 되고 타관(他官, 자기 고향이 아닌 고장. 즉, 타향)에 유리(流離, 일정한 집과 직업이 없이 이곳저곳으로 떠돌아다님)하여 칠팔 년이나 멀어졌던 바다를 보니 자연 가슴에 넘치는 감흥을 이길 수 없다. 백사장에 옷을 훨훨 벗어 버리고 창랑(滄浪, 넓고 큰 바다의 맑고 푸른 물결)에 첨버덩 뛰어들어 발로 밀고 팔로 끌어당기면서 이 몸을 물 위에 범범히(泛泛―, 꼼꼼하지 아니하고 데면데면히) 띄웠으면 얼마나 좋으랴만, 일기(日氣, 날씨)가 쌀쌀한 데다 병든 몸이 되니 그것도 자유롭지 못하다. 모래 위에 늘어놓은 어망(물고기를 잡는 데 쓰는 그물)과 후릿배(2~3명이 타는 작은 배) 사이를 지나 해운대 아래에 산재한 바위 위에 궁둥이를 붙였다.

온천장 남쪽 바닷가에 머리를 바다에 잠그고 봉긋이 솟아 있는 조그마한 뫼가 있다. 청초(青草, 싱싱하고 푸른 풀)에 온몸을 감싸고 군데군데 어린 솔이 어설프게 자라서 그리 기관(奇觀, 빼어난 모습)은 아니지만, 어디 내놓아도 빠진 데 없이 복스럽게는 보인다. 이 뫼가 바로 이름 높은 해운대다. 옛적,

최해운(崔海雲, 신라의 문장가 최치원)이 이곳에 대(臺, 흙이나 돌 따위로 높이 쌓아 올려 사방을 바라볼 수 있게 만든 곳)를 짓고 자신의 아호를 따서 해운대라고 명명한 것이 지금은 이곳의 명사(名詞, 이름)가 되었다고 전한다. 그 남쪽으로 멀리 보이는 바다 가운데 책상머리에 집어다가 놓기 좋을 만큼 보이는 작은 섬 여섯 개가 있다. 그것이 부산에서 보면 다섯 개이고, 여기서 보면 여섯 개이며, 또 어떨 때는 운무에 그중 작은 섬이 묻히면 다섯 개만 보이는 까닭에 그 이름이 오륙도라 한다.

남이야 죽든지 살든지 산수 간에 잠겨 홀로 시를 지으며 세월을 보낸 해운의 생애가 어찌 생각하면 게을러 보이고 밉기도 하지만, 온천에 몸을 씻고 청풍에 옷소매를 날리면서 앞으로 연파묘망(煙波渺茫, 안개나 연기가 자욱하게 낀 끝없는 수면)한 바다를 바라보고, 뒤로는 청산을 우러러 마음껏 맛보던 그 청악(淸樂, 청렴을 지향하는 삶)이 부럽기도 하다.

김 군에게서 들으니, 연전(年前, 몇 해 전)에 어떤 일본 남녀가 동래온정(東萊溫井)에서 며칠 묵고 지금 우리가 앉아 있는 이곳에 와서 정사(情死, 서로 사랑하는 남녀가 그 뜻을 이루지 못하여 함께 자살하는 일)를 하였다고 한다. 과연 그것이 정사든지, 그렇다면 그 동기가 나변(那邊, 어느 곳 또는 어디)에 있는 것을 구태여 알려고 애쓸 바 아니건만, 어쩐지 그 사실이 내 가슴을 꾹꾹 찌른다. 정열에 불타오르는 두 청춘이 뜨거운 가슴을 부둥켜안고 양양한 푸른 물에 풍덩실 몸을 던질 때 그 가슴은 어떠하였을까. 바위에 부딪히고 바위틈 사이에 밀려들어 흰 꽃을 이루는 이 물결은 그때도 있었으련만 지금은 말없이 들락날락할 뿐이니, 그 비밀을 알 사람이 뉘 있으랴.

우리는 저녁을 먹으려고 마을로 돌아왔다. 흐렸던 날씨가 서쪽 하늘부터 방긋 개었다. 뉘엿뉘엿 서산으로 넘어가던 해는 바다와 청산에 붉은 빛을 던졌다. 사양(석양)에 빗겨 흐르는 어촌의 밥 짓는 연기는 정산의 밑동을 살짝 가리고 멀리 수평선 안개 위에 꿈같이 떠 있는 고범(외로운 배)은 오륙도 사이로 돌아든다. 만산풍광일범중(滿山風光一帆中)은 바로 이런 풍경을 읊은 시던가. 해면에 흐르던 안개는 오륙도의 허리를 잠그고 다시 슬금슬금 기어오르더니 해운대의 밑동을 싸고 흐른다.

해는 넘어갔다. 흐린 하늘에 두서너 개의 별만 가물가물할 뿐, 바다와 섬과 산은 황혼 속에 잠겼다. 고요한 어촌의 한두 개 어화(漁火, 고기잡이하는 배에 켜는 등불이나 횃불)가 반짝거리는데, 옷소매를 날리는 바람소리와 은은한 바닷소리만 의연하다.

해운대의 진경(珍景, 진귀한 경치나 구경거리)은 청랑(淸朗, 맑고 명랑함)한 달밤에 있다 하나, 나는 그것을 볼 행운을 못 가졌다. 오늘 구(舊, 음력) 7월 17일. 정히(진정으로 꼭) 달 보기 좋은 때다. 그러나 날이 흐려서 맑은 달빛을 볼 수 없었다.

저녁 후 온천에 몸을 씻고 서늘한 해풍을 받으면서 컴컴한 길을 더듬어 해변으로 나오니 상쾌하기 그지없다.

동래에서 해수욕 온 일파(무리)가 해변에 천막을 치고 노영(露營, 야영)을 한다. 김 군의 소개와 그들의 후의(厚意, 남에게 두터이 인정을 베푸는 마음)로 우리도 그 천막에서 밤을 새우기로 하였다. 그러나 모기가 어찌나 심한지 앉아서 견딜 수 없다. 각자 거적(짚을 두툼하게 엮거나, 새끼로 날을 하여 짚으로 쳐서 자리처럼 만든 물건)자리를 끌고 불빛을 피해 사서(沙緖, 모래사장)로 나갔으나, 거기도 모기가 달라붙는다. 모기장 밖에서 앵앵거리는 모깃소리에는 신경이 띡금띡금(신경 따위가 날카롭게 긴장되는 모양)하는 나는 견딜 수 없었다. 김 군과 함께 물에 밀려 나온 마른 해초를 집어다가 불을 살라 연기를 피웠으나, 그것도 소용없다. 홧김에 일어서 돌아다니면서 밤을 새우기로 하였다. 모기 덕분에 잠을 못 자니 해운대의 밤 풍경은 싫도록 보게 되었구나 하고 김 군과 둘이 크게 웃었다.

달이 솟는다. 등 바다 위에 험한 산같이 척 가린 검은 구름 봉오리 넘어서 달은 우리를 방긋이 넘겨다본다. 아담한 소녀가 무대의 장막을 방긋이 열고 나타나듯이 구름이 점점 밀려남에 따라 달은 뚜렷이 나타났다.

좋다— 소리와 같이 장단 소리 청아한 여창(女唱, 여자가 부르는 노래)이 해변에서 일어났다. 거무칙칙하던 바다에는 굵은 은파(銀波, 달빛에 비쳐 은백색으로 보이는 물결을 아름답게 이르는 말)가 일렁거린다. 바로 우리가 앉은 앞으로부터 저편 달 아래 바다까지 수정렴(水晶簾, 수정 구슬을 꿰어 꾸민 아름다운 발)이라도 늘인 듯이 일자로 아글자글(아글바글의 잘못. 액체가 몹시 끓어오르는 모양) 끓는 물결! 엷은 밤안개에 잠긴 청산! 모두 그럴듯한 맛이 있다. 내게 만일 시재(詩才, 시를 짓는 재주)가 있었던들 이 좋은 미경(美景, 아름다운 경치)을 어찌 그저 두었으랴. 이때를 당하여 시 쓰는 벗들이 간절히 생각난다.

흐르는 구름에 달은 자태를 다시 감추었다. 강산은 다시 으슥한 속에 잠겼다. 구름이 지나 달이 다시 나타날 때면 청산과 바다는 의연히 빛난다. 그러나 밤이 깊어서는 구름이 온 하늘을 차지하여 달을 볼 수 없었다. 후리(후릿그물. 강이나 바다에 넓게 둘러치고 여러 사람이 두 끝을 끌어당겨 물고기를 잡는 큰 그물)를 놓는 삼사 척의 어선은 수묵을 풀어 놓은 듯한 저편 해운대 앞바다에서 꿈같이 움직인다.

어부들이 당기는 후리를 당겨주고, 고기를 얻어다가 회를 치고, 국 끓이고, 밥과 술을 마시는 풍미는 더욱 좋다. 김 군은 벌써 여러 번이라 후리 당기는 법이 묘하다. 나는 볕에 그을리고, 물에 연단(鍊鍛, 어떤 일을 반복하여 단단하고 익숙하게 됨)되어 검고 굳은 어부의 벗은 몸이 부러웠다. 나도 언젠가는 그러한 건강을 얻었으면.

그럭저럭 오전 네 시가 지났다. 모기는 그저 심하다. 모두 술기운이 몽롱하여 꿈이 무르녹는데, 혼자 밤을 새려니 괴롭다. 밝아오는 새벽빛에 사면은 푸르스름하다. 바다 낮에는 안개가 한 벌 주—욱 가리었다.

우두커니 물소리에 귀를 기울이고 섰으니 알 수 없는 애수가 가슴을 찌른다. 정든 벗들과 고향이 생각에 나도 모르게 북천(北天, 북쪽 하늘)으로 머리를 돌렸다. 역시 눈에 뵈는 것은 흐릿한 하늘과 으스름한 청산뿐.

나는 너무도 피곤하여 김 군 곁에 누었다.

그새 잠들었던지 김 군이 깨우는 바람에 눈을 뜨니 여섯 시가 넘었다.

"나는 먼저 가니 오전 차로 동래로 오라."는 김 군의 말을 어렴풋이 들으면서 나는 졸음이 그득한 눈을 다시 감았다.

다시 눈을 떴을 때는 일곱 시 반이 지났다. 모래 위에 이리저리 누웠던 사람들은 어느새 천막 속에 모여서 곤수(困睡, 곤히 잠)가 무르녹았다.

오늘도 날씨는 개지 않았다. 잿빛 하늘 아래 감벽(紺碧, 약간 검은 빛을 띤 청색)한 바다에는 벌써 바람을 배인 돛들이 이리저리 떠 있다. 수변(水邊, 물가)에 물새들은 물결을 따라 드나들고 해운대와 오륙도 밑동을 싸고 흐르는 안개는 그 저편 청산골로 소리 없이 올려 닿는다.

밤잠을 변변히 못 잔 나는 피곤한 다리를 집 마을을 향해 떼어놓았다. 장산 머리에 쉬어 넘는 검은 구름은 암만해도 무엇이 올 것만 같다. 만일 오늘 쾌청만 하였다면 멀리 수평선 위로 솟은 찬란한 조일(朝日, 아침 해)에 타오르는 장밋빛 구름과 끓어 넘치는 금파(金波, 황금빛 물결)를 보았을 것인데 날이 흐려서 음울한 해경(海景, 바다 풍경)만 보게 된 것이 퍽 섭섭하다. 그러나 흐린 해운대는 흐린 특색을 갖추고 있다. 나는 그로써 만족하련다.

__1925년 10월《신민》6권

⊙ 해운루(海雲樓)

__ 1917년 문을 연 해운대 온천 여관. 2층 건물에 객실 20개, 모래찜질, 온천폭포, 별관 대욕탕 등의 시설을 갖춰었다.

⊙ 동정호(洞庭湖)

__ 중국 후난성 북부에 있는 큰 호수. 중국 내 담수호 중 두 번째로 크다.

⊙ 아미산(蛾眉山)

__ 중국 쓰촨성 아미에 있는 산. 중국 4대 불교 명산 중 한 곳이다.

●●● 노천명

해변단상

넓은 바다, 푸른 물결이 그리워 바다를 찾았다. 아우성치는 세상을 떠나, 하얀 명주 모래 위에 7월의 푸른 하늘과 새파란 바다를 벗 삼고, 고단한 나의 영(靈, 영혼)을 대자연 속에 자유롭게 놓아주었다.

푸른 물, 흰 모래, 새빨간 해당화…. 이 모든 것은 고달픈 나의 마음에 평온한 안식을 가져다준다. 그윽하고 인자한 대자연의 품을 떠나, 나는 왜 그 거리를 다리 아프게 헤매어 무엇을 얻었을까. 진실이 진실을 맺는다는 것은 거짓이요, 선이 선을 낳는다는 것 역시 믿지 못할 말이란 것밖에, 내가 깨달은 것은 없다. 선한 싸움을 하다가 "낙심하지 마라. 때가 되면 거두리라."는 그이 말씀을 그대로 끝까지 믿어야지. 때가 아직 멀었다고는 하지만, 내 영혼이 지칠 때까지 나는 이 싸움을 계속해야 할 것이다.

밀려들었다 밀려 나가는 물결은 물가의 모래를 말없이 씻어낸다. 그 누구의 발자국인고? 물결에 씻겨 없어지네. 인생이란 결국 물가의 모래 위에 써 놓고 가는 허무한 기록인가. 하지만 그것은 바닷물에 씻기고 또 씻기는 동안 흔적도 없이 사라지고 말 것이다. 그런 것을 우리는 좀 더 크게, 좀 더 길게 써 놓고 가려고 애쓰며 허덕이고 있지 않은가. 울며 웃는 인간들 — 이 세상은 가면무도회! 너도, 나도, 그도, 저도 탈바가지를 쓴 채 춤을 춘다. 그중 탈바가지를 가장 잘 쓴 자만이 결국 성공한다는구나.

모래 물을 스쳐 내리는 그윽한 물소리, 신비한 침묵의 속삭임이여! 넓고 둥근 이 하늘 밑에서 사람들은 왜 공평하지 못하며, 넓고 넓은 저 바다를 보는 이 마음은 왜 저처럼 넓지 못한가? 발부리에 한 포기 새빨간 해당화! 이 아름다운 꽃을 보는 이 마음은 왜 그처럼 아름답지 못하며, 보드랍고 순결한 흰 모래를 사랑하는 네 마음은 왜 이다지도 거칠고, 그처럼 순결하지 못하단 말인가? 인간의 어떤 채찍도, 어떠한 형벌로도 감히 나를 울리지 못할 것을, 말 없는 대자연에 내 영이 접할 때 떨어지는 눈물을 나는 어찌할 수 없다.

나는 모래 위에 참 진(眞)자를 쓰고는 닦고 또 닦고 또다시 써 보았다. 모든 것이 의문이다. 영원한 의문이다. 그렇다면 여러 개의 작은 의문표를 한 큰 의문표로 나타낸 것이 인생이런가.

해가 지는 줄도 몰랐더니, 어느덧 바다 위에는 두둥실 달이 떴다. 반짝이는 별님은 용궁의 아가씨들을 꾀어내려고 새파란 눈을 깜박거린다. 무거운 침묵에 바다도 잠기고, 해당화의 새파란 꿈도 깊어 가는데, 물가 갈매기의 구슬픈 소리는 이름 모를 객의 심사를 속절없이 돋우어준다.

_발표 연도 미상

달도 없는 그믐칠야(漆夜, 옻칠한 듯 어두운 밤)면 팔봉산도 사람이 침소에 들 듯 어둠 속으로 완전히 사라지고 맙니다. 하지만 공기는 수정처럼 맑고, 별빛만으로도 충분히 좋아하는《누가복음》을 읽을 수 있습니다. 참별 역시 도시보다 갑절이나 더 많이 뜹니다. 너무 조용해서 별이 움직이는 소리가 들릴 것만 같습니다.

__이 상, 〈산촌여정〉 중에서

Part 2 푸른 솔숲에서 나를 만나다

_ 산, 고향집에서 보내온 소확행 통신

●●● 정 지 용

가장 시원한 이야기

그날 밤 더위란 난생처음 당하는 것이었다. 새로 한 시가 지나면 웬만할까 한 것이 웬걸 두 시 세 시가 되어도 한결같이 찌는 것이었다. 설령 바람 한 점이 있기로서니 무엇에 쓸까만 끝끝내 바람 한 점 없었다.

신을 끌고 나가서 뜰 앞에 선 나무 밑으로 갔다. 잎알(이파리) 하나 옴칫(움직이는 모양) 아니하는 것이었다. 옴칫거리나 아니 하나 볼까 하고 갸웃거려 보았다. 죽은 고기 새끼 떼처럼 차라리 떠 있는 것이었다. 나무도 더워서 죽은 것이었던가?

숨도 막혔거니와 기가 막혀서 가지를 흔들어 보았다. 흔들리기는 흔들리는 것이었다. 마음이 적이(꽤 어지간한 정도로) 놓이는 것이었다. 참고 살기로 했다. 아무리 덥다 해도 제철이 오고 보면 이 나무에 새로운 바람이 깃들 것이겠기에!

__발표 연도 미상

●●● 이 상

산촌여정

—성천 기행 중의 몇 절

1

향기로운 MJB(미국산 '커피')의 미각을 잊어버린 지도 이십여 일이나 됩니다. 이곳은 신문도 잘 아니 오고, 체전부(우체부)는 이따금 하도롱(hard-rolled paper, 다갈색 종이로 봉투나 포장지를 만듦) 빛 소식을 가져옵니다. 거기에는 누에고치와 옥수수의 사연이 적혀 있습니다. 마을 사람들은 멀리 떨어져 사는 친척 때문에 걱정이 이만저만 한 것이 아닌가 봅니다. 나도 도시에 남기고 온 일이 걱정됩니다.

건너편 팔봉산에는 노루와 멧돼지가 산다고 합니다. 기우제를 지내던 개골창(수챗물이 흐르는 작은 도랑)까지 내려와서 가재를 잡아먹는 '곰'을 본 사람도 있답니다. 동물원에서밖에 볼 수 없는 동물들을 직접 봤다니, 놀라울 따름입니다. 산에 있는 동물을 사로잡아다가 동물원에 가둔 것이 결코 아닙니다. 그래서인지 동물원에 있는 동물을 산에다 풀어놓은 것만 같은 생각이 자꾸 듭니다.

달도 없는 그믐칠야(漆夜, 옻칠한 듯 어두운 밤)면 팔봉산도 사람이 침소에 들듯 어둠 속으로 완전히 사라지고 맙니다. 하지만 공기는 수정처럼 맑고, 별빛만으로도 충분히 좋아하는《누가복음》을 읽을 수 있습니다. 참별 역시 도시보다 갑절이나 더 많이 뜹니다. 너무 조용해서 별이 움직이는 소리가 들릴 것만 같습니다.

객줏집 방에는 석유 등잔을 켜놓습니다. 도시의 석간(夕刊, 저녁에 발행하는 신문)과 같은 그윽한 냄새가 소년 시절의 꿈을 부릅니다.

정형! 그런 석유 등잔 밑에서 밤이 깊도록 '호까'— 연초갑지(煙草匣紙, 담배를 싸는 종이)를 붙이던 생각이 납니다. 벼쨍이(베짱이)가 한 마리가 등잔에 올라앉더니, 연둣빛 색채로 혼곤한 내 꿈에 영어 'T'자를 쓰고, 유(類, 부류) 다른 기억에다는 군데군데 '언더라인'을 그어 놓습니다. 나는 슬퍼하는 것처럼 고개를 숙이고 도시의 여차장이 차표 찍는 소리와도 같은 그 음악을 가만히 듣습니다. 그러면 그것이 또 이발소 가위 소리와도 같아, 눈을 감고 가만히 그 소리를 들어봅니다. 그리고 비망록을 꺼내어 머룻빛 잉크로 산촌의 시정(詩情, 시적인 정취)을 기록하기 시작합니다.

그저께 신문을 찢어버린

때 묻은 흰나비

봉선화는 아름다운 애인의 귀처럼 생기고

귀에 보이는 지난날의 기사

얼마 후면 목이 마릅니다. 자리물(밤에 자다가 마시기 위해 잠자리 머리맡에 준비해둔 물) — 심해처럼 가라앉은 냉수를 마십니다. 석영질 광석 냄새가 나면서 폐부(肺腑, 허파)에 한란계(寒暖計, 온도계) 같은 길을 느낍니다. 백지 위에 싸늘한 곡선을 그리라면 그릴 수도 있을 것 같습니다.

푸른 돌을 얹은 지붕에 별빛이 내리면 한겨울에 장독 터지는 것 같은 소리가 납니다. 벌레 소리 역시 요란합니다. 가을이 엽서 한 장 적을 만큼 천천히 오기 때문입니다. 이런 때 무슨 재주로 광음(光陰, 시간의 흐름)을 헤아리겠습니까?

맥박소리가 방 안을 시계로 만들어버리고, 그 장침과 단침(시계의 두 바늘)의 나사못이 돌아가느라 양쪽 눈이 번갈아 간질간질합니다. 코로 기계 기름 냄새가 드나듭니다. 석유 등잔 밑에서 졸음이 오는 기분입니다.

'파라마운트(미국의 영화 제작회사)' 상표처럼 생긴 도시 소녀가 나오는 꿈을 조금 꿉니다. 그러다가 도시에 남겨두고 온 가난한 식구들을 꿈에서 봅니다. 그들은 마치 사진 속의 포로처럼 나란히 늘어서 있습니다. 그리고 내게 걱정을 안깁니다. 그러면 그만 잠이 확 깨어버립니다.

차라리 죽어버릴까란 생각을 해봅니다. 벽의 못에 걸린 다 해어진 내 저고리를 쳐다봅니다. 그러고 보니, 그것은 서도천리(西道千里, 황해도와 평안도)를 나를 따라서 여기에 와 있습니다, 그려!

2

등잔 심지를 돋우고 불을 켠 후 비망록에 철필로 군청빛 '모'를 심어갑니다. 불행한 인구가 그 위에 하나하나 탄생합니다. 조밀한 인구가—

'내일은 온종일 화초만 보고 탈지면(脫脂綿, 불순물이나 지방 따위를 제거하고 소독한 솜)에다 '알코올'을 묻혀서 온갖 근심을 문지르리라'는 생각을 해봅니다. 너무나 꿈자리가 뒤숭숭해서 그렇습니다. 화초가 피어 만발하는 꿈, '그라비어(Gravur, 사진 제판에 사용되는 인쇄법)' 원색판 꿈, 그림책을 보듯이 즐겁게 꿈을 꾸고 싶습니다. 간단한 설명을 위해 상쾌한 시를 지어서 칠(七) '포인트' 활자로 배치하는 것도 좋을 것 같습니다.

도시에 화려한 고향이 있습니다. 활엽수만으로 된 산이 고향의 시각을 가려 버린 이 산촌에 팔봉산 허리를 넘는 철골전신주가 소식의 제목만을 부호로 전하는 것 같습니다.

아침에 볕에 시달려서 마당이 부스럭거리면 그 소리에 잠을 깹니다. 하루라는 '짐'이 마당에 가득한 가운데 새빨간 잠자리가 병균처럼 움직입니다. 잔 석유 등잔에 불이 아직 켜져 있습니다. 그 안에 사라진 밤의 흔적이 낡은 조끼 '단추'처럼 고스란히 남아 있습니다. 이는 어젯밤을 다시 방문할 수 있는 '요비링(초인종)'입니다.

지난밤의 체온을 방 안에 내던진 채 마당으로 나갑니다. 마당 한 모퉁이에는 화단이 있습니다. 불타오르는 듯한 맨드라미꽃 그리고 봉선화. 지하에서 빨아올리는 이 화초들의 정열에 호흡이 부쩍 더워집니다. 여기 처녀들 손톱 끝에 물들일 봉선화 중에는 흰 것도 섞여 있습니다. 흰 봉선화도 붉게 물들까? — 조금도 이상스러울 것 없이 흰 봉선화는 꼭두서니 빛으로 곱게 물들 것입니다.

수수깡 울타리에 '오렌지' 빛 여주가 열려, 강낭콩 넝쿨과 어우러져 '세피아' 빛을 배경으로 한 폭의 병풍을 연출합니다. 그 끝에는 노란 호박꽃이 피어 있는데, 소박하면서도 대담한 그 위로 '스파르타' 식 꿀벌이 한 마리 앉아 있습니다. 그것은 녹황색에 반영되어 '세실. B. 데밀(미국 영화감독. 〈십계〉, 〈삼손과 델릴라〉 등을 만듦)'의 영화처럼 화려하기만 합니다. 귀를 기울이면 '르네상스' 응접실에서 들리는 선풍기 소리가 납니다.

야채 사라다에 놓이는 아스파라거스 입사귀 같은 또 무슨 화초가 있습니다. 객주집 아해(아이)에게 물어 봅니다. '기상꽃' — 기생화란 말입니다.

무슨 꽃이 피나 — 진홍 비단 꽃이 핀답니다.

조상들이 지정하지 아니한 '조 세트(우아한 여름 옷감)' 치마에 '웨스트민스터(영국 담배 이름)'를 감아놓은 것 같은 도시 기생의 아름다움을 떠올려 봅니다. 박하보다도 훈훈한 '리그래 츄잉껌(미국 껌 이름)' 냄새, 두꺼운 장부를 넘기는 듯한 그 입맛 다시는 소리 — 그러나 여기에 필 기생 꽃은 분명히 혜원(조선 시대 화가 신윤복의 호)의 그림에서 본 것 같은 — 혹은 우리가 어린 시절 봤던 인력거에서 홍일산(붉은색 양산)을 바쳐 쓰던 지난날 삽화 속의 기생일 것입니다.

청둥호박(겉이 단단하고 씨가 잘 여문 호박)이 열렸습니다. 호박꽃 자리에 무시루떡 — 그 훅훅 끼치는 구수한 냄새를 좇아서 증조할아버지의 시골뜨기 망령은 정월 초하룻날 또는 한식날 우리를 찾아오는 것입니다. 그러나 저 국가 백 년의 기반을 생각하게 하는 넓적하고도 묵직한 안정감과 침착한 색채는 '럭비' 공을 안고 뛰는 이 '제너레이션(Generation, 세대)'의 젊은 용사의 굵직한 팔뚝을 기다리는 것 같습니다.

유자가 익으면 껍질이 벌어지면서 속이 삐져나온다고 합니다. 하나를 따서 실 끝에 매어 방에다 걸어둡니다. 물방울 져서 떨어지는 풍염(豊艶, 얼굴 생김새가 살지고 아름다움)한 미각 밑에서 연필처럼 수척해져 가는 이 몸에도 조금씩 살이 오르는 것 같습니다. 그러나 이 채소도, 과일도 아닌 '유머러스'한 용적에는 아무런 향기도 없습니다. 세숫비누에 한 겹씩 한 겹씩 해소되는 도시의 육향(肉香, 주로 여자에게서 나는 살 냄새)만이 방 안을 배회할 뿐입니다.

3

팔봉산 올라가는 초경(草徑, 수풀로 덮인 지름길) 입구 모퉁이에 최OO 송덕비(頌德碑, 공덕을 기리기 위해 세운 비)와 또 OOOO 아무개의 영세불망비(永世不

忘碑, 영원히 잊지 말라는 뜻에서 세우는 비)가 항공우편 '포스트(우체통)'처럼 서 있습니다. 듣자하니, 그들은 아직 다들 생존해 있다고 합니다. 우습지 않습니까?

교회가 보고 싶었습니다. 그래서 '예루살렘' 성역으로부터 수만 리 떨어져 있는 이 마을의 농민들까지도 모두 사랑하는 신 앞으로 회개하게 하고 싶었습니다. 발길이 찬송가 소리 나는 곳으로 갑니다.

누군가 포플러나무 아래 '염소' 한 마리를 매어 놓았습니다. 구식으로 수염이 났습니다. 나는 그 앞에 가서 그 총명한 동공을 들여다봅니다. '세룰 로이드'로 만든 정교한 구슬을 '오브라—드(oblato, 전분으로 만든 얇은 원형의 부편. 투명한 전분지)'로 싼 것 같이 맑고, 투명하고, 깨끗하고, 아름답습니다. 도색(桃色, 복숭아색) 눈자위가 움직이면서 내 삼정(三停, 머리와 이마의 경계 및 코끝과 턱 끝)과 오악(伍岳, 이마 · 코 · 턱 · 좌우 관골)이 고르지 못한 빈상(貧相, 가난한 관상)을 업신여기는 중입니다.

옥수수밭은 일대 관병식(觀兵式, 군대의 행진을 지켜보는 예식)입니다. 바람이 불면 갑주(甲胄, 갑옷과 투구) 부딪치는 소리가 우수수 납니다. '카민(carmine, 연지벌레에서 뽑아낸 홍색 물감)' 빛 꼬고마(군인이 벙거지에 꽂던 붉은 털)가 뒤로 휘면서 너울거립니다.

팔봉산에서 총소리가 들렸습니다. 장엄한 예포 소리가 분명합니다. 그러나 그것은 내 곁에서 소조(小鳥, 작은 새)의 간을 떨어뜨린 공기총 소리였습니다. 그러면 옥수수 밭에서 백 · 황 · 흑 · 회, 또 백, 가지각색의 개가 퍽 여러 마리 열을 지어서 걸어 나옵니다. '센슈얼'한 계절의 흥분이

이 '코사크(Cossack, '카자흐스탄'의 영어식 이름)' 관병식을 한층 더 화려하게 합니다.

산삼이 풀어져 흐르는 시내의 징검다리 위에는 백채(白菜, 흰 채소) 씻은 자취가 남아 있습니다. 풋김치의 청신(清新, 푸릇푸릇하고 풋풋함)한 미각이 안약 '스마일'을 연상시킵니다. 화성암으로 반들반들한 징검다리 위에 삐뚤어진 N자처럼 쪼그리고 앉아 있으면 물동이를 머리에 인 채 주저하는 두 젊은 새색시가 다가옵니다. 미안해서 일어나기는 하지만 일부러 마주 보며 걸어가 그녀들과 스칩니다. '하도롱' 빛 피부에서 푸성귀(사람이 가꾼 채소나 저절로 난 나물 따위를 통틀어 이르는 말) 냄새가 납니다. '코코아' 빛 입술은 머루와 다래로 젖어 있습니다. 나를 쳐다보지 못하는 동공에는 정제된 창공이 '간쓰메(통조림)'가 되어 있습니다.

M백화점 '미소노(1930년대 일제 화장품 이름)' 화장품 '스윗걸'이 신은 양말은 이 새색시들의 피부색과 똑같은 소맥(밀) 빛이었습니다. 삐뚜름하게 붙인 유선형 모자 고양이 배에 '화—스너(Fastener, 지퍼나 클립 같이 분리된 것을 잠그는 데 쓰는 기구의 총칭)를 장치한 가벼운 '핸드백' — 이렇게 도시의 참신한 여성을 연상해 봅니다. 그리고 새벽 '아스팔트'를 구르는 창백한 공장 소녀들의 회충과도 같은 손가락을 떠올립니다. 이렇듯 온갖 계급의 도시 여인들의 연약한 피부를 통해 그네들의 육중한 삶을 느끼지 않습니까?

4

가난하지만 무명처럼 튼튼한 피부에는 오점이 없고, '츄잉껌', '초콜레이트' 대신 달짝지근한 꼬아리(꽈리)를 부는 이 숭굴숭굴한 시골 새색시들을 나는 더 알고 싶습니다. 축복해주고 싶습니다.

교회는 보이지 않습니다. 도시 사람들의 교활한 시선이 수줍어서 수풀 사이로 숨어버리고 종소리의 여운만이 근처에 냄새처럼 남아서 배회하고 있습니다. 혹 그것은 안식을 잃은 내 영혼이 들은바, 환청에 지나지 않았는지도 모릅니다.

조밭 한복판에 높은 뽕나무가 있습니다. 뽕 따는 새색시가 전공부(電工夫, 전기기사)처럼 나무 위에 높이 올랐습니다. 거기에는 순백의 가장 탐스러운 과일이 열려 있습니다. 두 명은 나무에 오르고, 한 명은 나무 아래서 다랭이(대야)를 채우고 있습니다. 한두 잎만 따도 다랭이가 철철 넘치는 민요의 무대면(舞臺面, 무대 위에 나타나는 장면이나 정경)입니다.

조 이삭은 모두 말라 죽었습니다. '코르크'처럼 가벼운 이삭이 근심스럽게 고개를 숙였습니다. 오 — 비야, 좀 오려무나. 해면처럼 물을 빨아들이고 싶어 죽겠습니다. 그러나 하늘은 구름 한 점 없이 푸르고, 맑으며, 부숭부숭(핏기 없이 조금 부은 듯한 모양)할 뿐입니다. 마치 깊지 않은 뿌리의 SOS 암반 아래를 흐르는 지하수에 다다를 지경입니다.

두 소년이 고무신을 벗어들고 시냇물에 발을 담궈 고기를 잡습니다.

지상의 원한이 스며 흐르는 정맥 — 그 불길하고 독한 물에 어떤 어족이 살고 있는지 — 시내는 대지의 신열을 뚫고 벌판이 기울어진 방향으로 흐르고 있습니다. 그것은 가을의 풍설(風說, 바람처럼 떠도는 소문)입니다.

혹시 가을이 올 터인데, 와도 좋으냐?고 쏘근쏘근(소곤소곤)하지 않습니까? 조 이삭이 초례청(醮禮廳, 초례를 치르는 장소) 신부가 절할 때 나는 소리처럼 부스스— 구깁니다. 노회한 바람이 조 이파리에 난숙(爛熟, 너무 익음)을 최촉(催促, 재촉)하는 것입니다. 하지만 조의 마음은 푸르고 초조하며 어릴 뿐입니다.

조밭을 어지럽힌 사람은 누구일까요? — 기왕 한 될 조여든 — 그런 마음으로 그랬을까요? 몹시도 어지럽혀 놓았습니다. 누에 — 호호(戶戶, 집집)에 누에가 있습니다. 조 이삭보다도 굵직한 누에가 삽시간에 뽕잎을 먹습니다. 이 건강한 미각은 왕후와 같이 존경스러우며 치사(侈奢, 사치와 같은 말)합니다.

새색시들은 뽕 심부름하는 것으로 마지막 영광을 삼습니다. 그러나 뽕이 떨어졌습니다. 온갖 폐백이 동난 것처럼 새색시들의 정열 역시 빛이 바랩니다. 어둠을 틈타 새색시들은 경장(輕裝, 가벼운 옷차림)으로 나섭니다. 얼굴의 홍조가 가리키는 방향으로 — 뽕나무에 우승컵이 놓여 있습니다. 그리로만 가면 되는 것입니다.

조밭을 짓밟습니다. 자외선에 맛있게 불태운 새색시들의 발이 그대로 조 이삭을 밟고 '스크럼(Srcum, 여럿이 팔을 바싹 끼고 횡대를 이루는 것)'을 짭니다. 그리하여 하늘에 닿을 지성이 천고마비 잠실(누에가 있는 방) 안에 있는 성스러운 귀족 가축들을 살찌게 하는 것입니다. '콜레트 부인(프랑스의 여류 소설가)의 〈빈묘(牝猫, 암고양이)〉을 생각하게 하는 말캉말캉한 '로맨스'입니다.

5

간이학교(일제강점기에 학교에 취학하지 못한 아이들에게 초등 교과 과정을 2년 동안에 마치도록 한 보통학교 부설 속성 초등학교) 곁집 길가에서 들여다보이는 방 안에서 누에 틀 소리가 납니다. 편발처녀(머리를 땋아 내린 처녀)가 맨발로 기계를 건드리고 있습니다. 기계는 허리를 스치는 가느다란 실이 간지럽다는 듯이 깔깔거리며 웃고 있습니다. 웃으며, 지근대며 명산 OO 명주가 짜여 나오니, 열댓 자 수건이 성묘 갈 때 입을 때때옷을 만들고, 시집살이 설움을 씻어주며, 또 꿈과 꿈을 말소하는 쓰레받기도 되고 — 이렇게 실없는 내 환희입니다.

담뱃가게 곁방 안에는 오늘 황혼을 미리 가져다 놓았습니다. 침침한 몇 '갤런(Gallon, 부피의 단위로 정확한 표현은 갤런이다)'의 공기 속에 생생한 침엽수가 울창합니다. 황혼에만 사는 이민 같은 이국 초목에는 순백의 갸름한 열매가 무수히 열렸습니다. 고치 — 귀화한 '마리아'들이 최신 지혜의 과일을 단려(端麗, 단정하고 아름다운)한 맵시로 따고 있습니다. 그 아들의 불행한 최후를 슬퍼하며 '크리스마스트리'를 헐어 들어가는 '피에다(Pieta, 예수의 시체를 안고 슬퍼하는 마리아상) 화폭 전도입니다.

학교 마당에는 '코스모스'가 피어 있고 생도들은 글을 배우고 있습니다. 그들은 열심히 간단한 산술을 놓아 그들의 정직과 순박함을 지혜와 교활로 환산하고 있습니다. 탄식할 이식산(利息算, 이자 계산)이 아니고 무엇이겠습니까?

족보를 찢어 버린 것과 같은 흰 나비 두어 마리가 분필 냄새 나는 화단 위에서 번복(飜覆, 고치거나 바꾸는 일)이 무상합니다. 또 연식 '테니스' 공의 마개 뽑는 소리가 음향의 흔적이 되어서는 등고선의 각 점 모양으로 남아 있는 것 같습니다. 이 마당에서 오늘 밤에 금융조합 선전 활동사진회가 열립니다. 활동사진? 세기의 총아 — 온갖 예술 위에 군림하는 '넘버' 제8 예술의 승리. 그 고답적이고도 탕아적인 매력을 무엇에다 비하겠습니까? 그러나 이곳 주민들은 활동사진에 대해서 한낱 동화적인 꿈을 갖고 있습니다. 그림이 움직일 수 있는 이것은 홍모(紅毛, 붉은 머리) 오랑캐의 요술을 배워 온 것입니다. 참으로 부러운 재주입니다.

활동사진을 보고 난 다음에 맛보는 담백한 허무 — 장주(莊周, 장자)의 호접몽이 이랬을 것입니다. 나의 동글납작한 머리가 그대로 '카메라'가 되어 피곤한 '더블렌즈(Double lens)'로 나마 몇 번이나 이 옥수수가 무르익어가는 초추(初秋, 초가을)의 정경을 촬영하고 영사하였던가? — '플래시백(Flashback, 영화에서 과거를 회상하는 장면)'으로 흐르는 엷은 애수 — 도시에 남아 있는 몇몇 고독한 '팬'에게 보내는 단장(斷腸, 애를 끊임)의 '스틸(Still, 영화 장면을 사진기로 찍어 확대 인화한 사진)'입니다.

6

밤이 되었습니다. 초열흘 가까운 달이 초저녁이 조금 지나면 나옵니다. 마당에 멍석을 펴고 전설 같은 시민이 모여듭니다. 축음기 앞에서 고개를 갸웃거리는 북극 '펭귄'들과 무엇이 다르겠습니까. 짧고 기다란 삶을 적어 내려갈 편전지(便箋紙, 편지지) — '스크린'이 박모(薄暮, 땅거미) 속에서 '바이오그래피(Biography, 전기)'의 예비표정입니다. 내가 있는 건너편 객줏집에 든 도시풍 여인도 왔나 봅니다. 사투리의 합창이 마당 안에서 들립니다.

자, 이제 시작되었습니다.

부산 잔교(棧橋, 부두에서 선박에 걸쳐놓아 화물을 싣고 부리거나 선객이 오르내리게 된 다리)가 나타납니다. 평양 모란봉도 보이네요. 압록강 철교도 보입니다. 하지만 박수갈채를 받은 명감독의 얼굴이 보이지 않습니다.

십 분 휴식시간에 조합 이사의 통역이 있었습니다. 달은 구름 속에 있습니다. 금연—이라는 느낌입니다. 통역하는 이사 얼굴에 전등의 '스포트라이트(Spotlight)'도 비쳤습니다. 산천초목이 모두 경동할 일입니다. 전등 — 이곳 촌민들은 OO 행 자동차 '헤드라이트' 외에 전등을 본 일이 결코 없습니다. 그 눈부시게 밝은 광선속에서 창백한 이사는 강단(降壇, 단상에서 내려옴)하였습니다. 우매한 백성들은 이사의 통역에 단 한 사람도 박수를 치지 않았습니다. — 물론 나 역시 그 우매한 백성 중 하나일 수밖에 없었습니다만—

밤 열한 시가 지나자, 영화감상은 '해피엔드'로 끝이 났습니다. 조합원과 영사기사는 단 하나밖에 없는 음식점에서 위로회를 열었습니다. 나는 객사로 돌아와서 죽어가는 등잔 심지를 돋우고 독서를 시작했습니다. 이웃 방에 묻고 있는 노신사께서 내 게으름과 우울을 훈계하는 뜻으로 빌려주신 것으로, 고우다 로한(幸田露伴, 일본의 소설가) 박사가 지은《인의도》라는 진서(珍書, 귀중한 책) 입니다.

멀리서 개소리가 끊임없이 들려옵니다. 그윽한 '하이칼라' 방향(芳香, 꽃다운 향기, 좋은 냄새)을 못 잊는 사람들이 아직 헤어지지 않았나 봅니다. 구름이 걷히고 달이 나왔습니다. 벌레 소리가 마치 무도회의 창문이라도 열어놓은 것처럼 요란스럽기 그지없습니다.

알지도 못하는 낯선 이를 사모하는 도회인적인 향수가 있습니다. 신간 잡지의 표지처럼 신선한 여인들 — '넥타이'와 동갑인 신사들, 그리고 창백한 여러 친구 — 나를 기다리지 않는 고향 — 도시에 내 나체의 말을 번역해서 보내주고 싶습니다. 잠 — 성경을 채자(採字, 좋은 글을 가려 뽑음) 하다가 엎질러 버린 인쇄 직공이 아무렇게나 주워 담은 지리멸렬한 활자의 꿈. 나도 갈가리 찢어진 사도가 되어서 세 번 아니라 열 번이라도 굶은 가족을 모른다고 하렵니다.

근심이 나를 제외한 세상보다도 훨씬 큽니다. 갑문(閘門, 수문)을 열면 폐허가 된 이 육신으로 근심의 조수가 스며들어 올 것입니다. 그러나 나는 나의 '메소이스트(masochist)' 병마개를 아직 뽑지 않으렵니다. 근심은 나를 싸고돌며, 그러는 동안 이 육신은 풍마우세(風磨雨洗, 바람에 닦이고 비에 씻겨 나감)로 저절로 다 말라 없어지고 말 것이기 때문입니다.

밤의 슬픈 공기를 원고지 위에 깔고 얼굴 창백한 친구에게 편지를 씁니다. 그 속에 내 부고(訃告, 죽음을 알림)도 동봉하였습니다.

__ 1935년 9월 27일~10월 11일 《매일일보》

⊙ 산촌여정(山村餘情)

__ 이상의 글 중 가장 아름다운 작품으로 꼽히는 이 글은 폐병으로 인해 몸이 쇠약해진 그가 요양차 친구의 고향인 평안북도 성천에서 머물렀던 한 달 동안의 경험을 바탕으로 쓴 것이다. 1935년 9월 27일부터 10월 11일까지 《매일신보》에 연재되었으며, 궁벽한 산촌의 하루를 수채화처럼 아름답고 경쾌하게 그렸다는 평가를 받았다. 특히 정감 어린 시골 풍경을 전혀 어울릴 것 같지 않은 이국적인 단어들을 통해 표현함으로써 새로운 이미지를 창출해 글을 읽는 즐거움을 더하고 있다. 반면, 똑같은 곳에서의 생활을 담은 <권태>의 경우 지독한 허무와 우울, 권태, 도피의식 등을 담고 있다.

<산촌여정>에 나오는 '정형'이라는 사람은 소설가 정인택으로 추정되고 있다. 이상과 정인택은 권순옥이라는 여자를 두고 삼각관계에 놓인 적이 있는데, 후에 이상의 사회로 두 사람이 파격적인 결혼식을 올려 화제가 되기도 했다. 단편소설 <환시기>의 삼각관계 주인공이 바로 그들이다.

●●● 이육사　산사기

S군! 나는 지금 그대가 일찍이 와서 본 일이 있는 C사(寺)에 와서 있는 것이다.

그때 이 사찰 부근의 지리라든지 경치에 대해서는 그대가 나보다 잘 알고 있겠으므로 여기에 더 쓰지는 않겠다. 그러나 지금 내가 앉아 있는 이 숙사(宿舍, 숙박하고 있는 집)는 근년에 새로이 된 건축이라서 아마도 그대가 보지 못한 것이리라. 하지만 그 청렬(淸冽, 맑고 차가운)한 시냇물을 향해서, 사면의 침엽수 해중(海中, 바닷속)에서 오직 이 집안은 울창한 활엽수가 우거져 있기 때문에, 문 앞에 손이 닿을 만한 곳에 꾀꼬리란 놈이 와 앉아서 한시도 쉴 새 없이 노래를 불러주는 것이다. 내 본래 저를 해칠 마음이 없는지라, 저도 그런 눈치를 챘는지 아주 안심하고 아래가지에서 윗가지로, 윗가지에서 아래가지로 오르락내리락, 매끄러운 목청이란 귀엽기도 하려니와, 그 노란 놈이 꼬리를 까부는 것이 재롱스러워, 나에게 날아오라고 손을 내밀면 먼 가지로 날아가고, 어디선가 깊은 산골에서 뻐꾹

새 소리가 들려오곤 하는데, 돌 틈을 새어 흘러가는 시냇물이 흰 돌 위에 부서지는 음향이란, 또한 정들일 수 있는 풍경의 하나이다.

S군! 그대와 우리의 친한 동무들이 이 글을 읽을 때는 아마 나는 이 산사를 떠나서 어느 해변이나, 또는 아무도 일찍이 가 본 일이 없는 도서(島嶼, 크고 작은 온갖 섬) 속에서 있을지도 모른다. 내가 지금 붓을 들고 앉아 있는 책상 앞에는, 도회로부터 새로운 선남선녀들이 모여 앉아 화투를 치거나 마장(마작. 중국 사람들이 즐기는 실내 오락)을 하는 따위의 다른 풍속이 벌어지리라. 그러므로 이런 생각을 하면 모처럼 얻은 오늘의 유쾌한 기억을 더럽힐까 소름이 끼칠 것만 같다.

S군! 그러면 내가 금번(이번) 이곳에 온 이유가 어디 있는가도 생각해 보리라. 그러나 이유란 것이 별로 없다는 것은 내 서울을 떠날 때, 그대에게 부친 엽서와 같은 것이다. 다시 말하면 여행이란 이유가 필요하다면 그것은 여행이 아니고 사무인 까닭이다. 그러므로 내가 여행을 한다는 것은 여정(旅情, 여행할 때 느끼게 되는 외로움이나 시름 따위의 감정)을 느낄 수 있으면 그만이다. 그래서 날씨가 개면 개었다고, 흐리면 흐렸다고, 바람이 불면 바람이 분다고, 봄이면 봄이라고, 여름은 여름이라고, 가을은 가을이라고, 이렇게 나는 여정을 느껴 보고 산으로 가고자 하면 산으로, 바다로 가고자 하면 바다로 가는 것이다. 그도 계획을 한다거나 결의를 한다면 벌써 여정은 사라지고 마는 것이니깐, 한 번 척 느꼈을 때는 출발이다. 누구

에게 알려야 한다든지, 또 여장(旅裝, 여행할 때의 차림)을 차려야 한다면 그는 벌써 뜻대로 되지 못하는 것이다. 그러나 나의 경우에 출발을 앞두고 그대에게 엽서 한 장을 쓴다거나, 내 아우에게 전화를 걸어서 지금 어디 가는 데 언제 서울에 온다고 하면, 그것도 나에겐 일종의 여정이지 결코 의무의 수행은 아니다. 그러므로 내가 속마음으로 어딜 좀 가보았으면 하는 생각을 했을 때는, 나는 벌써 여행 중에 있는 것이다.

그런데 짚신도 제짝이 있는 법이라. 나와 같이 이런 사람도 뜻이 비슷한 사람이 있어 마침 만나게 되자, 그 C라는 동무가 바다로 가자는 말을 하였고, 나도 그러자고 의론이 일치하였다. 그래서 가게 된 곳이 도시로도 미완성이고, 항구로도 설익은 곳이라, 먼 데서 오신 손님을 대접하는 데는 아직 몰풍정(沒風情, 정서와 회포를 자아내는 풍치나 경치가 전혀 없음)하기 짝이 없었다. 그래서 하룻밤을 지나고 표연히 차에 오르니, 웬만하면 서울로 바로 오는 것이 보통이겠는데, 여기에 나라는 사람의 서울에 대한 감정이란 또한 남달리 델리키트(delicate, 섬세한) 한 것이 있어, 그다지 수월한 것이 아니란 것은 마치 명가(名家, 명망이 높은 가문) 집 자식이 성격에 못 맞는 결혼을 하고 별거를 하다가, 부득이한 사정이라도 있어 때때로 본가로 돌아오지 않으면 안 될 그때의 심경과 방불(彷彿, 거의 비슷함)한 것이다.

그래서 될 수만 있으면 술집에라도 들어서 얼글하게(얼큰하게) 한잔하고 오듯이, 나 역시 서울이 가까워져 오면 슬쩍 옆길로 들어서서 한참 동안이라도 딴청을 떠보는 것인데, 금번 이 산사를 찾아온 것도 그 본의가 명산대천에 불공을 드리고 타관 객지에서 괄시를 받지 않으려는 게 아니라,

한 잔 들고 흥청거려 보자는 수작이었다. 그런데 웬걸, 와서 보니 동천(洞天, 산천으로 둘러싸인 경치 좋은 곳)에 들어서면서부터 낙락장송이 우거진 사이, 오줌 냄새가 물씬 나는 산협을 물소리 들으며 찾아들면, 천년 고찰의 태고연한 가람(승려가 살면서 불도를 닦는 곳)이 즐비하고, 북소리 둥둥 나면, 가사 입은 늙은 중들은 읍하고 인사하는 풍습도 오랫동안 못 보던 거라, 새롭고 정중한 것이었다.

S군! 나라는 사람이 이 순간 이곳에서 무엇을 느꼈으리라고 그대는 생각하는가? 속담에 "절에 오면 중이 되고 싶다"라는 말이야 있지마는, 설마한들 내가 세상의 모든 사물과 일시에 인연을 끊고 공산나월(空山羅月)에 두견을 벗 삼아 염불 공부로 일생을 덧없이 보낼 리야 있으랴만, 그래도 생각해 볼 것은 인간의 '운명'이라는 것이다. 영원히 남에게 연민은커녕 동정 그것까지도 완전히 거부할 수 있는 비극의 '히어로'에 대해서 말이다. 그러므로 사람은 결국 되는대로 살아지는 것이 가장 풍자적이고, 그러므로 최대의 비극은 최대의 풍자와 혈연을 가지는 동시에 아주 허탈한 맛이 있는 것이다.

바로 이때다. 나와 동행한 C는 산비탈을 내려오며 목가(牧歌)를 부르는 것이었다. 아마도 '치를 알프스'를 오르내리는 양치는 노인을 생각해낸 모양이었다. 석양도 재를 넘고 시냇물도 찬 기운이 점점 더해오면 올수록 사하촌의 뜨뜻한 산챗국(산나물국)이 여간한 유혹이 아닌 것이다.

S군! 우리가 평소 도시에 살면 생활의 태반은 관능의 지배를 받는 것이지마는 이런 산간벽지로 찾아오면 거의는 본능의 지배를 만족히 알면 그만이다.

S군! 이런 말은 이제 새삼스레 늘어놔 보았자 그대가 그다지 흥미를 느낄 것은 아니라 그만두거니와, 내가 여기 와서 진정 생각해 보는 것은 해당화다. 옛날 우리 향장(鄕莊, 고향 집)에는 화단에 해당화가 많이 심겨 있었는데, 내가 어릴 때 그 꽃을 꺾어서 유리병에 꽂아 놓으면 내 어린 아우들이 와서 그것을 제 책상 위에 가져다 놓는 것이고, 나는 다시 내 책상 위로 찾아오면 그것이 그만 싸움이 되고는 했다. 그런데 지금 생각하면 어릴 때 일이라 도리어 우습긴 하나, 오늘 이곳에서 해당화가 만발한 것을 보니 내 동년(童年, 어린 시절)이 무척 그립고저어라.

S군! 그런데 이곳 사람들을 보아하니, 산간 사람이라 어디나 할 것 없이 순박한 맛은 그리 없는바 아니나, 기왕 해당화를 심으려면 그 맑은 시냇물 가로 심었으면 나중 피는 놈은 푸른 잎 사이에 타는 듯한 정열을 찍어 붙여서 얕은 그늘 사이로 으수이 조화되는 계절을 자랑도 하려니와, 먼저 지는 놈은 흰 돌 위에 부서지는 물결 위에 붉은 조수(潮水)를 띄워 가면 얼마나 아름다움 풍정(風情, 정서와 회포를 자아내는 풍치나 경치)이겠나? 하물며 화판(花瓣, 꽃잎)이 산 밖으로 흘러가서 산외(山外, 산의 바깥)에 어자(漁子, 어부)가 알고 오면 어쩔까 하는 공구(恐懼, 몹시 두려워함)하는 마음이 이곳 사람

들에게도 있을 수 있다면, 아마 나까지 이 글을 써서 산외에 있는 그대에게 알리는 것을 혀의스리 하리라. 그러나 S군! 역시 산맹(山氓, 산에 사는 사람)들이라 밉기도 하려니와 사랑할 수도 있는 사람들이다. 그러면 오늘은 이만하고 뒷산 숲 사이에 부엉이가 밤을 울어 새일 동안, 나는 이곳에서 꿈을 맺어 볼까 한다.

그러나 다음 내 글이 그대에게 닿을 때는, 벌써 나는 다른 산간이나 또는 해상에 별과 별 사이의 거리를 헤아려 보면서 지금과는 다른 생각을 하고 있는 줄 알아라.

__1941년

⊙ 공산나월(空山羅月)

__ '사람이 없는 산중에 아름다운 달'이라는 뜻으로 아무도 없는 곳을 말함

⊙ 목가(牧歌)

__ 전원시의 하나로 주로 농부의 생활을 주제로 한 서정적이고 소박한 시가

●●● 계용묵

정릉 일일

정릉(貞陵) 산속은 새소리 없이도 푸르다. 물소리만이 그저 쏴아—쏴 골짜기마다 들릴 뿐인데도, 산은 푸르렀다. 새소리를 무시하고도 정기만으로도 푸른 그 기개를 장하다 아니 할 수 없으나, 적어도 이만한 녹음이라면 꾀꼬리 소리 한마디 들을 수 없음이 무색하구나.

내 본래 산이나 바다의 취미를 모거니와, 오늘 정릉의 녹음을 찾게 된 것도 무슨 이런 녹음의 유혹에서가 아니요, 사우들의 종용에 마지못해 따라나섰던 길이니, 그까짓 녹음이야 짙건 말건, 꾀꼬리야 울건 말건 어아(於我, 나와)에 하관(下關, 아무 관계 없음)이리오만, 그래도 이 녹음에, 이 물소리라면 꾀꼬리 소리 한마디쯤은 있어야 면목이 설 것 아닌가. 어쩌다 오다가다 숲속을 다녀가는 밀화부리(되샛과의 새) 소리 한마디 들을 수 없다.

이러한 녹음도 좋다고들 모여든다. 우리도 그리 늦은 편은 아니었건만, 언제들 이렇게 떨쳐났는지 아직 오정(정오)도 멀었을 텐데, 산은 사람으로 가득 찼다. 아니, 곳에 따라서는 벌써 도도한 취흥에 허리를 부러치고(구부리고) 꼽당춤(곱사등이춤. 곱사등이같이 등에 바가지, 베개 따위를 넣고 익살스럽게 추는 춤)을 추며, 냄비 장단이 한창인 데도 있었다.

우리 일행도 물이 흐르는 골짜기 한 곳을 택정하고 짐을 풀었다. 소고기, 닭고기, 달걀, 과자, 술, 쌀 거기에 이것들을 요리할 도구 일습(一襲, 그릇, 기구 따위의 한 벌. 또는 그 전부)이 자전거로 하나 실려 왔다. 논다는 것은 결국 먹는다는 의미가 아닐는지 모른다. 제아무리 명승경개(名勝景槪, 이름나고 빼어난 경치)를 대했다고 하더라도 그것이 향락으로서의 본의였다면 반드시 먹는 일항(一項, 항목)이 따라야만 그 의의를 지니게 되는 것 같다. 그러나 먹을 줄 모르는 것까지 먹어야 하는데 그 의의가 있다면 향락의 존재에 나는 의심을 가지지 않을 수 없다.

일행 칠팔 명 중 한 사람만이 호주객(술을 아주 좋아하는 사람)이요, 여타는 모두 비주객(술을 매우 싫어하는 사람)인데, 우리 짐 속에서도 소주가 한 되, 삐루(맥주)가 서너 병 나왔으니, 먹을 줄 모르는 술이라도 이러한 좌석에서는 먹어야 한다는 법칙일까. 그리하여 억지로라도 먹어야만 향락이 되는 것일까. 어쩌자고 먹을 사람도 없는 술의 준비가 이렇게도 많았을까. 처리에 곤란할 것이 미리부터 짐작되었지만, 결국 나는 삐루 몇 잔에도 괴로웠다. 제가 그물을 떠나 놓고 그 그물에 걸려드는 것이 사람의 장난이기는 하지만, 스스로 지어서 괴롭게 만들어 놓고 괴로워하는 것을 낙으로 삼는 것이 인생 본래의 사는 재미인지 모른다.

육자배기 장타령에 산을 떠나보낼 듯이 놀자 때리던 맞은편에서도 모두 혼곤히(정신이 흐릿하고 고달프게)들 근더졌다. 즐거운 현상일까 괴로운 현상일까. 나도 한 번 한껏 취하여 그들의 심경에까지 이르러 봄으로 그들의 심경과 같은 심경에서 인생을 한번 내다보고 싶기도 하건만, 몇 잔에도 괴로운 술이니 도저히 그런 경지에까지 보지 못할 주량이 한이다.

"자, 한 잔만 더?"

하는, 간절한 좌석의 권고에도 주량이 말을 안 듣는다.

나는 인생의 밑바닥을 들어가서는 살아볼 수 없는 영원한 인생의 초년병인가 보다.

"녹음방초승화시에(綠陰芳草勝花時)…"

하고 곡조도 어디선가 흘러드는 것을 보면, 사람은 술에만 취하는 것이 아니라 녹음에도 취하는 것임은 틀림없는 사실 같거니, 녹음에도 술에도 취할 수 없는 인생은 결국 괴로운 의의를 모르는 인생일까. 그렇다면 녹음도 술도 모르고 괴로운 내 마음은 과연 무엇을 의미하는 괴로움일까.

만산에 주홍이 물소리와 같이 골짜기마다 가득 찼는데, 오직 침묵으로 물소리만 흘러내려 보내는 이 골짜기는 좋은 의미에서건 나쁜 의미에서건 녹음도 술도 무시한 이 날의 히트에 틀림없으리라.

__ 1949년 6월《경향신문》

⊙ 정릉(貞陵)

__ 조선 태조 이성계의 제2비인 신덕왕후 강 씨의 능으로 서울시 성북구 정릉동에 있음

⊙ 녹음방초승화시(綠陰芳草勝花時)

__ 나뭇잎이 푸르게 우거진 그늘과 향기로운 풀이 꽃보다 나을 때. 즉, '첫여름'을 말함

●●● 계용묵

피서의 성격

어느 해 여름, 피서를 한다고 이삼 인의 벗과 어울려 옥호동(玉壺洞) 약수를 찾아갔던 일이 있다. 산촌의 약수치고는 설비나 경치가 다 무던했다(정도가 어지간 함). 그 약수의 성능이 어떤지는 알 바 없었으나, 차갑기로는 빙수에 비길 바가 아니었다. 돌 틈새로 용솟음쳐 흐르는 물을 배지('바가지'의 방언)로 받으면 물 위에 뽀얗게 어리는 안개가 보기만 해도 땀방울을 가둬 둔다. 게다가 산속 깊숙이 자리하고 있어 싱—싱 줄기차게 숲 사이를 헤치고 쏟아져 내려오는 산바람이 끊임없이 몸을 어루만져줘 셔츠 바람에 한기까지 느껴질 정도다. 다만, 피서지로 결점인 것은 쭉 벌거벗고 진탕(싫증이 날 만큼 아주 많이) 치듯 헤엄을 칠만한 물이 없다는 것이다. 하지만 그뿐. 시원하고 조용한 편으로 송도원이나 그런 곳보다 오히려 좋을는지 몰랐다.

그러나 벗들의 비위에는 그게 아니었나 보다. 그날 밤, 약수터 주위를 일순(一巡, 주위를 한 바퀴 돎)하고 난 벗들은,

"가세, 싱거워!"

하고 날이 밝으면 덥기 전에 일찌감치 떠나야겠다고 풀어 놓았던 짐을 도로 챙기며 수선이었다. 그래 대체 이게 어찌 된 일이냐고 물었더니,

"술이 있어? 계집이 있어? 병쟁이(병을 앓는 사람)가 아닌 담에야 무슨 맛으로 여기서 여름을 나!"

하는 것이 그들의 똑같은 불평이었다.

피서가 목적이긴 하면서도 부수되는 그 어떤 자극적인 향락이 필요했던 것이다. 아무리 시원한 물이요, 바람이라고 하더라도, 주색(酒色, 술과 여자를 아울러 이르는 말)이 따르지 않는 물과 바람은 시원하질 않았던 것이다. 따지고 보면 피서를 한다는 그 피서는 피서를 위한 한낱 배경에 불과한 것이고, 기실 피서는 주색에 있었다고 아니 할 수 없었다.

술을 마시지 않는 자에겐 이 약수터가 훌륭한 피서지였지만, 술을 마시는 사람에겐 이렇게도 피서가 안 되는 것이었다. 나도 일찍이 그 어느 한때에는 삐루 한 타(12병)쯤은 사양하지 않던 시절이 있었거니와, 만일 내가 술을 제대로 계속하는 그러한 건강한 몸이었더라면 이 약수터가 그들과 같이 그렇게 피서지로서의 대상이 되지 못했을까. 술과는 지금토록 인연이 멀게 지내는 나는 피서의 성격에 자못 그 파악이 어려웠다.

내 술과는 인연을 멀리하되, 이미 맛은 들였던 터라, 술맛은 알고 있는 처지였다. 지금도 가끔 가다가 조끼(손잡이가 달린 커다란 컵. 주로 맥주를 담아 마신다)라도 한 잔… 하는 생각이 불현듯이 떠오를 때가 있는 것이 숨길 수 없는 심정이다. 하지만 그뿐으로 더는 술과 인연이 없다. 술의 천리(天理, 천지

자연의 이치)가 밑바닥까지 통하지 못했기 때문일까. 그렇다면 술을 다시 계속할 만한 그러한 건강이 회복되지 못하는 한 나는 인생의 즐거운 취미 하나는 영원히 맛보지 못하고 살아야 하는 셈이 된다. 그렇다면 주색 없이도 시원함을 느낄 수 있는 나의 이 옥호동 약수 취미는 과연 어디서 기인하는 것일까. 유색유주(有色有酒, 술과 여자를 좋아함) 속에서 느끼는 취미보다 무색무주(無色無酒) 속에서 느끼는 취미가 좀 더 유현한 취미가 되는 것은 아닐까.

이즈음 나는 친구들의 우리 어디 피서나 가 볼까 하는 그런 의견이 있을 때마다 이러한 생각을 하고 피서의 성격에 대해 다시금 고요히 마음을 깃들여 보곤 한다.

__1949년 7월 《서울신문》

⊙ **옥호동(玉壺洞) 약수**

__ 평안북도 선천 약수리에 있는 탄산철 성분의 약수. 골짜기가 마치 항아리 모양과 같다고 해서 '옥호동'이라는 이름이 붙여졌다.

●●● 노천명

향산기행

여행이란 미리부터 날을 받고 일행을 짜고… 이리하여 갖추어진 만반의 준비 아래서 행해지는 것보다는 모름지기 뜻하지 않게 갑자기 행장(行裝, 여행할 때 쓰는 물건과 차림)을 차려서 훌쩍 떠나는 것이 실로 멋진 일이며, 또 여기에 여행이 갖는 낭만의 진미(眞味, 참맛)가 있는 법이다.

혼자 이렇게 길을 떠나 찻간에서 전연 알지 못하는 사람과 이웃해 앉고, 혹은 마주 앉는다는 것은 첫째 신경이 피로하지 않아 좋고, 다음으로 마음대로 내 생각을 달리기에 좋은 것이다. 내가 묘향산(妙香山)의 절경을 구경한 것도 이런 의외의 수확이었다.

신문사 사규에 부지런히 일한 사원에게는 일 년에 2주일 동안 휴가를 준다는 게 있다. 그러나 이는 일의 편의에 따라 노는 것일 뿐, 실상은 기껏 해야 한 닷새쯤 쉬면 많이 쉬는 것이었다.

이 휴가는 흔히 한여름 삼복 중에 얻게 되며, 사원들은 번갈아가며 휴가를 얻어야 했다.

휴가가 회사의 철도국 패스와 함께 나한테 돌아온 것은 한창 장마 때였다. 모처럼 얻은 휴가를 장마 때 받기는 아닌 게 아니라 좀 애석한 감이 없잖아 있었지만, 비가 그치고 나면 일이 또 한창 바쁠 때라 몸을 빼기가 어렵기에, 나는 그대로 휴가를 받기로 했다. 어쨌든 나는 경의선 패스를 얻어왔다. 그러고는 이 닷새라는 일수와 약간의 금액을 소비하고, 어떻게 하면 최대한도의 효과를 거둘 것인지 궁리하였다.

나는 이 기회에 동룡굴(蝀龍窟, 평안북도 영변 용문산 남쪽에 있는 종유굴)과 묘향산에 부쩍 가고 싶어졌다. 그때 묘향산엔 K가 있었고, 영변엔 벗 H의 집이 있어 휴가를 맡거든 제각기 저 있는 곳으로 오라던 차라, 내 욕심은 동룡굴에 들렀다가 묘향산으로 돌아서 오기로 했다.

밤차를 타고 가면서 보니 서울에서 오던 비가 어디에선가부터 걷히고 있었다. 이대로 나간다면 좀 더 북쪽으로 가고 보면 아주 쾌청할 것도 같았다.

나는 뷰로(bureau, 사무실)에서 얻은 가이드북을 뒤적거리며 처음 타 보는 만포진선(평양에서 평안북도 만포에 이르는 철도 노선)의 연결을 살폈다. 그리고 이튿날 아침, 평양역에서 만포진선으로 갈아탔다. 차가 마치 경편철도(輕便鐵道, 기관차와 차량이 작고, 궤도가 좁은 작은 철도)처럼 자그마한 게 여기서는 등급을 가릴 나위가 없었다. 그런데 떠날 시간이 되었는데도 무려 수십 분을 염치없이 지체한다.

머리에 겹수건을 날아갈 듯이 쓴 젊은 여인네 한 분이 찻간으로 오른다. 차에 오르자마자 그 여인은 미리부터 자리를 잡고 있던 중년 남자를 보더니 서슴는(결단을 내리지 못하고 머뭇거리며 망설임) 기색도 없이,

"아, 어데메 가십네까?"

하고 북녀의 기상을 뽐내자, 그도 반갑게 웃으며,

"내 양덕에 물 좀 하래 갑네다."

하는 걸 보니, 서로 잘 아는 터인 성싶은데, 그 쾌쾌한 기상들이 맘에 든다.

"그럼 순천서 갈아타시야갔시다래, 난 희천 좀 갑네다."

그들의 이야기를 통해 순천에서 기차를 갈아타면 양덕이라는 탕지(湯地, 온천)가 있다는 것쯤 어렴풋이 짐작할 수 있었다.

그러고 나서 나는 차장한테 동룡굴 가는 길을 한 번 더 자세하게 물었다.

"이것 좀 보세요, 동룡굴에 가려면 구장서 내려 어떻게 가나요? 무슨 버스 편이라도 있나요?"

내가 이렇게 묻자, 차장은 다소 딱한 빛을 띠며

"동룡굴요? 동룡굴은 지금 장마가 져서 못 봅네다."

"그래요오?"

자연 말에 힘이 빠질 수밖에 없었다. 그도 그럴 것이 여행 계획 절반이 꺾였기 때문이다.

"묘향산도 그럼 비가 많이 와서 못 보게 될까요?"

"거긴 괜치 않을걸요"

차장의 괜치 않을 거라는 말은 그 말 자체가 표현하듯이 나를 안심시

켜 주지 못했다.

휴가를 좀 있다가 말을 걸 그랬나 보다. 하나 나는 불안에 눌리는 것이 싫어서 창밖으로 얼른 눈을 줘버렸다.

고량(高粱, 수수의 한 품종)이나 조가 심어졌어야 할 텐데, 가도 가도 자꾸 나타나느니 옥수수밭뿐이다. 여기선 웬 옥수수를 저처럼 많이 심느냐고 물었더니, 이 지경(地境, 일정한 테두리 안의 땅)에서는 이 옥수수가 한 큰 농사라는 것이다. 이걸 몇 백석씩 한다는 데 내가 좀 놀라는 기색을 보이자,

나와 얘기를 하던 여인은 나더러,

"어디까지 가요?"

하고 묻는다.

"묘향산까지 가요."

"어디에서 오시나요?"

"저어, 서울서 옵니다."

찻간에 오르는 사람들의 방언이 다 달라진 만큼 서울이 저 멀리 떨어져 있다는 것으로 느껴져, 내 "저어 서울"이란 말은 그러고 보면 지나친 과장도 아닌 듯싶다.

오후 5시 25분 마침내 묘향산 역에 도착했다.

비가 온 뒤인지라 땅은 질었으나 요행히 우비가 없어도 다닐 만했다. 역에서 내리니 얼마 안 가서 바로 자동차가 있는데, K씨가 마중을 나왔다. 행여 내가 오나 하고 날마다 차 시간이면 나와 보았다고 한다. 거기서 한 20분 동안을 자동차로 달렸다.

여기 사람들은 묘향산을 묘자는 약하고 그냥 향산이라고 통하고 있다. 묘향산을 본 사람이라면 누구나 확실히 묘향산이라기보다는 향산이라고 부르는 데서 정다움을 느낄 줄 안다. 이제부터는 나도 향산이라고 부르기로 한다.

우선, 여장을 보현사 내 한 여사에다 풀고 이튿날 새벽 일찍 향산에서 제일가는 명승인 상원암(上院菴)에 오르기로 했다.

아침 일찌감치 일어나니 보슬비가 내리고, 자욱하게 안개가 산을 둘러 봉우리들이 구름 속에서 솟은 듯해, 산에 오르기는 장히(매우 또는 몹시) 어렵게 되었다. 하는 수 없이 이날은 여관에서 바로 멀지 않은 보현사(普賢寺)를 보기로 했다.

보현사는 향산의 주찰(主刹, 중심이 되는 절)로 보현사 북쪽 안심사에 있는 굉랑선사(宏廓禪師)의 학덕이 높아 이를 흠모하고 사방에서 제자들이 모여드니, 정종(靖宗, 고려 제10대 왕) 8년에 24전각의 대가람을 청건하고, 3천 승도가 모였다는 역사 깊고 오래된 절로 한국 5대 사찰에 드는 곳이다

화웅전, 만세루 등은 원주며 천장의 단청이 낡아 그 빛을 알아보기 어렵게 되었으나, 그 웅대하고 장한 맛이 넉넉히 산뜻한 새것을 압도하고 남음이 있다. 거대한 종이며, 어마어마하게 큰 북이 한 번 울릴 양이면 그야말로 사바중생(娑婆衆生, 괴로움이 많은 인간 세계의 살아 있는 무리)의 괴로움과 번거로움을 어루만져 줄 것 같다.

전당 안을 이렇게 둘러보고 또 뜰에 나와 거닐어 보며, 지난날의 유향(幽香, 그윽한 향기)을 맡아 본다. 전에는 이런 전각이 20여 채나 이 아경(부근)에

즐비했다는데, 장구한 세월을 지나는 동안 대부분 허물어지고 혹은 헐려서 오늘에는 불과 십여 채 남짓할 뿐이다. 그럼에도 잔디밭 지름길을 사이에 두고 혹은 디딤돌로 돌이 띄엄띄엄 서 있는 전각들은 3천 승도가 모였다는 찬란한 옛날을 충분히 상상케 하고 남음이 있다.

절간 울 안 처처(處處, 곳곳)엔 이끼 낀 큰 석비가 서 있다. 다가서서 비문을 언뜻 보면 모르는 걸 빼놓은 채 서산대사니 사명대사니 하는 고승들의 이름이 나오는 게 반가웠다.

늙고 귀한 절이 사람의 손이 잘 안가, 건물이며 모든 것이 붕괴의 역사적 과정을 노구(老軀, 늙은 몸)처럼 가만히 앉아서 받고 있는 것같이 보인다. 그 옆으로 큰 가마솥이 걸린 채 반은 무너진 부뚜막이 있다. 이 전각의 부엌을 나서며 우리 일행은 절의 재정을 공연히 걱정하며 여사로 향했다.

걸어서 내려오니까 길가 밭엔 옥수수가 탐스럽게 달려 있다. 밭지기인 성싶은 여인에게 K가 그 옥수수를 좀 쪄서 팔 수 없느냐고 물었더니, 여인은 지극히 몇 마디 안 되는 말과 태연한 태도로 안 된다고 압축해 버린다. 두 번 말을 건네지 못하고 내려오다가 또 한 군데서 이번엔 농군같이 보이는 사나이에게 또 좀 사자고 했더니, 역시 돈을 줘도 팔 수 없단다. 어째서 그러냐고 물으니 이 근방에 있는 것들은 무엇이고 먼저 부처님께 드렸다가 먹는 법인데, 옥수수는 아직 드리지 않았으니 아무도 먹을 수 없다는 것이다.

그 이튿날도 아침에 날씨가 깨끗하지 못하고, 산허리엔 안개가 둘리고, 빨래를 축이기 좋으리만큼 이슬비가 내렸다.

엊저녁에 부탁해놨던 상원암에 올라 갈 안내자가 왔다. 비가 와서 어디 산에 오르겠느냐고 걱정을 한즉, 이런 비쯤은 해가 퍼질 때쯤 되면 갠다며, 여기는 원체 높고 깊은 산이 되어서 언제나 아침결엔 산허리의 안개가 걷히느라고 이슬비가 좀 내리고, 날이 아침부터 들기가 어렵다는 것이다.

산 사나이가 어련히 산골 천지를 잘 알랴 싶어 우리는 경장(가벼운 복장)을 하고 쾌히 그 뒤를 따라 나섰다. 오늘은 우리 일행에 학생이 하나 더 늘었다. K에게 물으니 보현사에 묵는 동경 모 대학에 다닌다는 청년인데, 얌전한 품이 동행을 해도 괜찮을 것이란다. 그의 인상을 보니 내게도 이의가 없다.

우거진 풀 속에 여기저기 우뚝우뚝 서 있는 비석들을 끼고 우리는 보현사 뒷산 상원암 가는 길을 해쳤다. 칡덩굴에 걸리고 돌 각댁 위로 넘어서다 보니, 일조청류(一條淸流, 한 줄기 깨끗한 물)가 우리 앞을 가로막는다. 양말을 벗고, 운동화를 손에 들고 그 내를 건넜다. 다시 양말을 신고 걷노라니, 우불구불 산을 끼고 지대가 높아지는 곳에 이번에는 폭포같이 쏟아지는 물이 또 길을 가로막지 않는가. 우리가 또 발을 벗으려 드니 안내자의 말이 상원암까지 가자면 이런 물을 수없이 건너야 할 테니 그냥 들어서라는 것이다. 이 좋은 경치를 보거든 신등매(신발끈)를 맨 채 물을 건넌들 어떠랴 하고 그대로 좇으니, 과연 숱한 청계(淸溪, 맑고 깨끗한 시내)를 건너고 나서야 산복(山腹, 산비탈. '산허리'로 순화)에 이르렀다. 이제부터 이런 내는 없으나 연연히 올라가는 것이 슬며시 숨 가쁜 일이다. 그렇다고 해서 가

파른 험한 길은 아니요, 천생 걸을 만한 길인 데는 둔한 산허리지만 원체 높이 올라가는 것이고 보니 나같이 심장이 약한 사람은 자꾸 쉬어 가자는 말이 일행을 웃긴다.

몇백 년 묵은 나무들인고? 아름드리 수목들이 체격 좋은 청년처럼 알맞게 비대해져서 서로 엉킴이 없이 하늘을 향해 쭉쭉 뻗었다. '세상이 괴로워지거든 향산으로 들어와 저 나무들을 툭툭 찍어 통나무로 집을 짜고, 맑은 물 푸른 산을 싫도록 보며 살까 보다.' 이런 생각을 하는 틈에 일행은 제법 나를 뒤에 뒀다. 안내자의 향산가를 들으며 울울창창(鬱鬱蒼蒼, 큰 나무들이 아주 빽빽하고 푸르게 우거져 있는 모습)한 수간소로(樹間小路, 나무 사이로 난 작은 길)를 따라 앞서거니 뒤서거니 하며 보는 좌우의 승경(勝景, 빼어난 경치)은 아픈 다리를 달게 잊어버릴 만하다. 아름드리 박달나무며 향목(香木, 향나무)들이 우리가 가는 길에 내내 늘어서 있다. 기름으로 윤을 낸 것같이 고운 박달나무의 몸이 뛰어나게 곱다.

설암대사(雪岩大師)의 시에 '산재청천살수원 웅반면한접천문 경간황락간임후 향목청청설리흔(山在淸川薩水源 雄潘面寒接天門 更看黃于林後 香木靑靑雪裡痕)'이라 하여 향목이 많다고 했다니, 향산이란 이름 역시 향나무가 많은 데서 나온 것은 아닌지 모르겠다.

어느덧 햇살이 퍼져 우리는 그늘로 들어서 가길 좋아하고 그럭저럭 한나절이 가까웠다. 잡새 소리 하나 들리지 않고 시내도 보이지 않는데 어디선가 물소리만이 들려와 산속의 고요함을 일층 더 느끼게 해준다. 맑은 공기와 산의 정기를 마음껏 마시며 우리는 인호대를 지나 상원암에 다다랐다. 상원 법왕봉 아래 천신폭 용연폭, 산주폭을 안고 멀리 동으로 일출봉과 월출봉을 굽어본다.

상원에서 우리는 잠깐 지친 다리를 쉬고 걸머졌던(짐바에 걸거나 하여 등에 걸치어 들음) 점심을 먹었다. 그 후 다시 상원을 떠나 한 줄기 장폭(長瀑, 긴 폭포)을 뒤로한 채 산록(山麓, 산기슭)으로 돌아가 머루, 다래 덩굴이 엉킨 데로 내려섰다. 갈대를 해치며 다시 기어오르는 산마루에 사리탑(舍利塔, 부처의 사리를 모셔 둔 탑)이 높게 서 있는데, 그 맞은편에 단군굴(檀君窟, 단군이 탄생했다는 굴)이 있다. 암혈(岩穴, 바위에 뚫린 굴)이 궁륭(穹窿, 활이나 무지개처럼 한가운데가 높고 길게 굽은 형상. 또는 그렇게 만든 천장이나 지붕)하여 집같이 되어 있는데, 혈구(穴口, 굴 입구)의 높이는 일 장 반, 넓이가 50척, 속의 길이가 35척이나 된다고 하니, 골짜기 하나 사이에 두고 바라보기에는 그다지 큰 것 같지 않았다. 여기서 전설을 씹으며 우리는 산허리를 타고 푸른 양치류를 헤치고 귀로로 향하는 것이다.

중로(中路, 오는 길의 중간)에서 서산대사의 정양처(靜養處, 몸과 마음을 안정시키기 위해 휴양하는 곳)였다는 금강굴을 보며 내려오는데, 풀리다 남은 구름이 연화봉 허리에 둘린 것이 선녀의 우의(羽衣, 날개옷)가 아닌가 싶고, 원근 연봉들이 비를 머금은 듯, 자진(스스로) 안개에 둘려 있는 경치는 잘된 한 폭의 수묵화를 보는 듯 우리를 한참 황홀하게 했다.

돌아오는 길에 우리 일행은 향로봉 정상에 올라 향산의 소위 8만 4천 봉을 내려 굽어보는 장관을 보지 못한 것이 못내 아쉬웠다. 그러나 나는 이것으로도 족했다.

일찍이 서산대사가 한국의 4대 명산을 평하며 가로되, "금강산이부장(金剛山而不壯), 지리장이부수(智異壯而不秀), 구월부장부수(九月不壯不秀), 묘향역장역수(妙香亦壯亦秀)"라고 하여 향산을 명산의 제1위에 놓았다고 하니, 우리가 보고 이렇게 취함도 지나침이 아니리라.

저녁때가 가까워졌을 즈음, 피곤한 다리를 이끌고 평탄한 길로 내려서 여사로 드는 길에 앞서 본 보현사를 지나려니까, 염주를 목에 건 백발 스님과 어린 상좌들이 나란히 앉아 목기(木器, 발우)에다 밥을 떠서 묵묵히 식사를 하고 있다. 그 앞을 지나는 우리는 은연중 잡담을 삼키고 옷깃을 여미었다. 우물가에서는 여인이 고사리를 헹구고 있다.

__ 1948년 수필집《산딸기》

⊙ **묘향산(妙香山)**

__ 평안북도 영변과 희천, 평안남도 덕천에 걸쳐 있는 산으로 향나무가 많은 데서 이름이 유래하였다.

⊙ **설암대사(雪岩大師)**

__ 조선 후기의 고승. 대흥사 13대종사 중 제5종사로 만년에 묘향산에서 수년을 은거하다가 입적하였다.

⊙ **금강산이부장 지리장이부수 구월부장부수 묘향역장역수(金剛山而不壯 智異壯而不秀 九月不壯不秀 妙香亦壯亦秀)**

__ "금강산은 빼어나지만 장엄하지 못하고, 지리산은 장엄하지만 빼어나지 못하며, 구월산은 장엄하지도 빼어나지도 못하고, 묘향산은 장엄한 것은 물론 빼어나기가 이를 데 없다"라는 뜻으로 묘향산의 절경을 말함.

⊙ **서산대사(雪岩大師)**

__ 조선 중기의 고승. 법명은 '휴정'으로 서산인 묘향산에 오래 머물러 서산대사라 칭함. 임진왜란 당시 제자인 사명당 '유정'과 함께 승병을 일으켜서 큰 전공을 세웠다.

금강산 정조(情調)

수주(樹州) 대형(大兄)!

금강산(金剛山) 이야기를 쓰라는 명령이 지중하온지라 붓을 들기는 들었사오다만, 하루하고 또 반나절 동안을 꿈속같이 다녀왔으니, 무슨 두고두고 우려낼 건덕지('일의 근거'를 일컫는 경상도 사투리)가 있사오리까. 휘뚱대뚱(대강을 추리는 정도로) 색책(塞責, 책임을 면하기 위하여 겉으로만 둘러대어 꾸밈) 삼아 몇 줄 끼적거리는 것을 눌러보아 주실는지요?

수주 대형! 금강산이란 쉽게 말하면 암석 세계라 할까요. 곧 돌로 이룩한 조그마한 우주입디다. 이 돌이 큰놈은 어마어마하게 하늘을 떠받드는 헌헌장부(외모가 준수하고 풍채가 당당한 남자)도 되고, 아름다운 놈은 휜 치맛자락을 거듬거듬(흩어져 있거나 널려 있는 것들을 대강 자꾸 모으는 모양) 춤추는 미인도 됩니다. 의젓한 부처님, 동탕(動蕩, 얼굴이 두툼하고 잘 생김)한 신선, 흉물스러운 짐승들이 온통 돌로 깎고 새기고 저며진 것이외다.

여기 맑고 맑은 물이 갖은 재롱과 아양을 떨며 흐릅니다. 물은 비록 물

일망정 여느 물이 아니요, 여기 아니고는 도저히 구경할 수가 없는 물이외다. 그 물빛이란! 희다 할까 푸르다 할까. 쪽을 풀어낸 듯하다면 너무 진할 것 같고, 옥색이라 하기엔 너무 심심합니다. 초록빛이라면 연연한 것은 그럴싸하지만 그냥 초록도 아닙니다. 맑다고 하였지만, 그냥 맑은 것은 아니외다. 아모런(전혀 어떠한) 세상의 보통 물로는 적이 상상하기가 어려울 지경입니다. 차라리 깨끗한 공기에 견주는 것이 근사할 듯. 공기가 엉키고 서리었다는 것이 상상이라도 방불(거의 비슷함)할 것 같습니다. 맑고 맑게 갠 가을빛에나 비길까요.

과연 이 물은 여느 물이 아니요, 이 돌 세계의 공기인 듯도 싶습니다. 숨결인지도 모릅니다. 이렇듯이 맑고, 이렇듯이 깨끗한 것은 한 줌의 티끌도 섞이지 않은 탓일까, 돌의 생김생김과 앉음앉음을 따라 이 물은 눈보라로 휘날리고 구슬같이 구르며 폭포가 되고 시내가 되고 못도 되고 늪도 되었지만, 그 담긴 그릇이 돌인 것은 물론입니다. 물에서 스며나는 이 물이니 이 돌 세계의 숨결일시 분명하지 않습니까.

수주 대형! 돌 세계라 하였다고 아주 흙 한 줌이 없고 울창한 수풀이 없는 것은 아니외다. 그러나 그것은 고명이요, 양념일 따름이외다. 낙락장송이 뻗디디고(발에 힘을 주고 버티어 디딤) 선 데도 또한 반반한 바위외다. 공중에 매달린 듯한 새둥우리(새둥주리. 짚이나 나뭇가지 따위를 이용하여 만든 새의 보금자리) 같은 암자들도 의지간('어쨌건'의 경상도 사투리)은 역시 위태위태한 돌이외다. 만폭동을 끼고 비로봉을 넘고 구룡연, 옥류동을 돌아 만물상밖에 둘러보지 못한 짧은 행정(行程, 어떤 목적에 따라 정하여진 길)일망정 엄청난 돌의 재조('재주'의 원말)에 놀랄 뿐이었습니다.

수주 대형! 예까지 와서 새삼스럽게 애절하게 느낀 것은 향수이외다. 하루 반이란 짧은 날짜요, 그 좋은 산과 경(경치)을 보면서 향수를 느끼다니, 속물이란 할 수 없다고 웃을 이는 웃으리다. 그러나 이 향수란 좀 더 넓고 막연한 의미를 가졌습니다. 꼭 집어 말하기는 거북하외다(어색하고 겸연쩍어 편하지 않음)마는, 어쩐지 아득한 내 마음의 고장이 그리워집니다그려.

이 향수는 어디서 오는 것인가. 첫째로 우리네 유산객(산으로 놀러 다니는 사람)을 만날 수 없는 일이외다. 내외 금강 백 수십 리를 휘둘러 다녔지만, 우리 흰옷 입은 친구란 새벽하늘의 별보다도 더 드물고 귀하였습니다. 치성 드리러 온 아낙네 몇 분과 한 두엇 마주쳤을까. 이와 반대로 동경 · 대판(大阪, 오사카)서 온 학생들과 구경꾼들은 거의 길에 널렸습디다. 빼어난 코에 푸른 눈자위를 굴리는 축들도 많이 만났습니다. 등으로 만든 들것에 담겨 건들건들하는 꼴도 장관이려니와 안 가슴패기와 부르걷은(옷의 소매나 바지를 힘차게 걷어 올림) 팔뚝의 누런 털이 숭숭한 흰 살이 볕에 달아 이글이글 불같이 타오르는 것은 정말 싱싱해 보입디다.

수주 대형! 전에 한 번 보셨다니 잘 아시려니와 금강산 명물로 외나무다리가 한 몫을 볼 것이외다. 절벽과 절벽 사이에 맑은 흐름을 꿰뚫고 척척 걸쳐진 장목 다리. 자연 그대로 별로 기교를 부리지 않은 이 다리야말로 순박한 조선의 풍치와 심산미(深山美, 깊은 산의 아름다움)를 돋울 것 아닙니까. 그러나 이런 다리는 지금도 더러는 남았습니다마는 사람 발자취가 잦은 곳에는 대개는 야살스러운(보기에 얄망궂고 되바라진 데가 있음) 화장을 하고 말았습니다. 여관에 들어도 구수한 숭늉 한 대접 얻어먹을 수 없습니다. 길목에 찻집이 늘어섰지마는 깍쟁이 찻잔에 미적지근한 노랑 물은 억지로 권하되, 시원한 냉수 한 사발 떠다 주는 이 없습니다.

수주 대형! 조선의 금강산이 세계적으로 출세하는 것은 물론 좋은 일이외다. 그러나 조선의 독특한 문화와 향기와 풍치를 잃지 않는 곳에 그 가치가 더욱 큰 것 아닐까요. 한심한 일이외다. 그러나 할 수 없는 노릇이외다. 이러고야 향수를 느끼는 이, 나 하나뿐이겠습니까. 그래도 조선의 정취가 남았다면 무수한 고찰을 들겠지요마는 그도 벌써 유난스러운 펭키(페인트) 단청에 보는 눈이 쓰라릴 지경이외다.

하다못해 우리네에게 끼친 자취라고는 그 좋은 암석에 굼벵이 기어간 자국 같은 그 성명(姓名, 성과 이름을 아울러 이르는 말)과 초라한 여관이 있을 따름이외다. 다른 나라 사람이 이렇게 쏘다녀야 그들의 성명을 새긴 돌 한 조각 보지 못하였습니다. 기념으로 비를 세우고 나무를 심을지언정, 자연물을 깎고 저미는 천착(생김새나 행동이 상스럽고 더러움)하고 각박한 짓은 하지 않은 모양이외다. 참으로 제도(提導, 잡아 이끎) 할 수 없는 인간들이외다.

수주 대형! 되지도 않은 글이 길기만 했습니다. 끝으로 한마디 할 것은 우리 부인네도 등산열(등산에 대한 열의)이 좀 있었으면 하는 것이외다. 마지막 날 만물상을 올라가는데 현해탄을 건너온 부인네 두 분과 동행이 되었습니다. 도중에 우리는 비를 만났습니다. 그들의 사치한 옷이 비의 세례에 말도 안 되게 되었습니다마는, 그들은 기어이 가는 길을 돌아서려 하지 않았습니다. 나중에 빗물에 젖은 옷이 무거워지니까 그대로 웃옷을 벗어버리고 갈 길을 재촉합니다. 삼십 전후의 아직 젊은 여성들이었건만 속옷 바람을 조금도 부끄러워하지도 않거니와 그 값비싼 옷이 버려지는 것도 돌아보지 아니합니다.

"예까지 온 담에야 끝까지 가 보아야지요."

하고 방싯방싯 웃어가며 미끄러운 돌을 그대로 타올라서 마침내 귀면암 꼭대기까지 오르고 맙디다. 나는 그 씩씩한 의기에 놀랐습니다. 마지막엔 속옷까지 비에 젖어 사족(四足, '두 팔과 두 다리'를 속되게 이르는 말)을 놀릴 수 없게 되고 볼썽도 매우 사나웠습니다. 그래도 그들은 조금도 괘념치 않고 운소(雲霄, 구름 낀 하늘)에 빼어난 칼날 같은 봉우리에 감탄과 호기의 눈을 번쩍이었습니다. 그래서 우리 부인네도 이만한 용기와 의기가 있었으면 하였습니다. 이만 줄입니다.

__1935년 10월《신가정》

⊙ **금강산(金剛山)**

__ 강원도 회양과 통천·고성에 걸쳐있는 산. 사계절의 변화에 따라 그 풍경이 달라져 판이한 정취를 주기 때문에 계절에 따른 명칭이 있다. 이를테면, 봄에는 온 산이 새싹과 꽃에 뒤덮이므로 '금강'이라 하고, 여름에는 봉우리와 계곡에 녹음이 깔리므로 '봉래'라 하며, 가을에는 일만이천봉이 단풍으로 곱게 물드므로 '풍악'이라 하고, 겨울이 되어 나뭇잎이 지고 나면 암석만이 앙상한 뼈처럼 드러나므로 '개골'이라고 한다.

⊙ **수주(樹州)**

__ 시인 변영로의 호. 현진건과 변영로는 우리 문단에서 알아주는 주당이었다.

⊙ **대형(大兄)**

__ 편지글에서, 친구 사이에 상대편을 높여 이르는 이인칭 대명사

●●● 노자영

산가일기

6월 14일 금요일 맑음

이 산사(山寺, 산속에 있는 절)에 온 지도 벌써 두 달.

뜰 앞에 목련이 피었다. 백주(白珠, 백옥)의 이슬이 청엽(青葉, 푸른 잎사귀) 위에 대굴거리고(작은 물건이 잇따라 구르는 모양), 무한의 순결을 자랑하는 하얀 꽃봉오리가 강한 생명력을 가지고 피어오른다. 하늘빛 잎사귀, 눈빛 봉우리의 아름다운 조화 위에 자랑스러운 호화(豪華, 사치스럽고 화려함)의 기세. 나는 아침 뜰 앞에 서서 그 꽃봉오리를 여러 번 만졌다. 그리고 떠나기 어려운 듯이 그 꽃 밑에서 한 시간이나 머뭇거렸다. 이 세상에 아름다운 자랑이 여기보다 더 나은 곳이 또 있을까? 신의 거룩한 표정! 모두 성스러운 최고의 미! 첫 여름에 피는 목련은 이처럼 아름답다.

로댕의 "한 떨기의 꽃 아래 머리를 숙여 본 적이 있는가?"라는 말을 다시금 생각할 수 있다.

낮에는 송림 속 검은 바위 위에서 새의 울음을 들으며 먼 산을 바라본다. 송림 사이에 이는 미풍(微風, 약하게 부는 바람)은 서늘하고 신비스럽다.

밤에는 촛불 밑에서 옛 여인의 얼굴을 여러 번 그렸다. 사진첩을 뒤적거리며 손으로 가슴을 만지는 이 마음이여! 동구 밖에서 울려오는 산개 소리가 꿈 깊은 산곡(山谷, 산골짜기)을 이따금 깨운다. 예이츠(William Butler Yeats, 아일랜드의 시인이자 극작가. 1923년 노벨문학상을 받음)의 시집을 들고 속으로 몇 구절을 여러 번 되풀이했다.

6월 25일 화요일 맑음

아침에 우는 산새가 정답다. 내 방 창 밑으로 밀어(密語, 남이 못 알아듣게 비밀히 말함. 또는 그렇게 하는 말)를 보내는 그 마음이여! 오늘의 행복을 약속함인가?

자리에서 일어나 뒷산을 바라보니, 북악산에는 엷은 안개가 산의 얼굴을 얄밉게 가리고, 산 아래 밤나무에는 이 산의 척후(斥候, 적의 지형이나 상황을 정찰하는 일)인 까치가 산곡을 지키고 있다.

냇가에 내려가 손을 씻고, 가래나무 밑에서 나무 그늘의 향기를 맡았다. 낮에는 침상에 누워 명상의 실마리를 몇 번이나 감고 풀고 하였다.

C가 왔다 갔다.

밤에는 가는 비가 소녀의 눈물처럼 부드럽게 내린다.

보슬보슬 마른 땅을 적시는 부드러운 촉수! 대지에 기름을 붓는 네 마음이여!

6월 27일 목요일 맑음

아침을 먹고 시냇가 바위 옆 등의자(등나무 줄기로 엮어 만든 의자)를 놓은 후 고요히 앉아 귀를 기울인다. 이파리와 이파리 사이에서 일어나는 가느다란 파동! 비단처럼 매끈하고 부드러운 음향의 촉수! 아, 나무 그늘의 서늘한 촉각이 녹슨 내 마음의 창문을 두드린다. 푸른 잎의 영원한 젊음! 녹향청훈(綠香青薰, 신록의 향기에 취함)의 부드러운 촉수. 여름은 젊어지라는 계절! 아, 생의 한 시각인들 무색하게 지낼 것인가?

낮에는 더워서 부채로 하루를 보냈다. 항상 누워있어야 할 몸이니 편하기는 하지만 너무도 지루하지 않은가? 평안과 휴식도 도를 넘으면 고통이 된다. 건강한 사람도 종일 누워만 있으면 괴로울 것이다. 그런데 병약한 나는 어떻겠는가?

저녁 해가 창문 위에 한 줌의 정열을 펼쳐놓고 쓰러지다. 서늘한 밤에는 수분을 담은 서늘한 달빛! 산곡에 숨은 이 암자에는 은회색 안개가 부드러운 자옥으로 대지를 덮고, 그 위에는 영롱한 흰 달의 서늘한 빛이 내리지 않는가? 뜰 앞 가래나무는 달빛에 젖어 은편(銀片, 은색 조각)을 엮어 놓듯 푸른 솔잎도 은침으로 변하고, 목련은 깊은 성의 공주처럼 방긋이 입을 벌린다. 나무들의 속삭이는 부드러운 여음(餘音, 소리가 그치거나 거의 사라진 뒤에도 아직 남아 있는 음향)! 그리고 땅에 가로누운 검푸른 나무 그늘! 달의 촉수는 모든 것을 평화의 고대(高臺, 높이 쌓은 망루)로 낚아 올린다. 흰빛 모래땅을 고요히 밟으며 묵화 같은 나무 그늘을 손으로 만져보는 내 마음이여. 은빛 촉수가 외로운 내 마음의 실마리를 이렇게도 풀어 놓는가?

달빛이 푹 젖은 떡갈나무 잎 위에 저녁 이슬이 굴러 내릴 듯이 빛나고, 나무 그늘 속에는 이 절의 고양이가 누구를 기다리는 듯이 고요히 쪼그려 앉아 달빛을 바라본다. 북쪽 골짜기에서 쑥쑥새 우는 소리가 은은히 들려온다. 이 산곡은 은색의 장막을 펴고 누구의 죽음을 고대하는 듯, 산곡의 밤은 이렇게도 고요한가?

7월 1일 월요일 맑음

고요한 산곡도, 속인(俗人, 세상 사람)의 자취도 어지러워진다. 절에 재가 들어서 일찍이 보지 못하던 사람들을 보게 되었다.

나는 2일간 뒷산 산당으로 자리를 옮겼다. 전후좌우가 송림으로 둘리고, 멀리 남쪽을 향해 옛 성이 구렁이처럼 긴 몸뚱이를 산정(山頂, 산꼭대기)에 걸치고 있다.

종일 산당 마루에 누워서 하늘을 본다. 별(別, 보통 것과 이상스럽게 다름) 하게도 높고, 별 하게도 넓은 것 같다. 새삼스레 몇만 리쯤 되나 생각해 보았다.

"하늘의 광장을 헤아리는 네 마음이여, 차라리 너는 한 덩어리 구름으로 그 하늘에 쓰러져 버려라." 하는 글귀를 생각해 보았다.

송림 사이에 산비둘기가 가끔 와서 뭐라고 떠들다 간다. 노랗고 파란 산비둘기! 그 지순한 마음과 부드러운 음향, 그의 부르는 소리. 언제나 벗이여! 하고 내 영혼을 그의 왕좌 푸른 송림 사이로 끌어내는 듯하다.

밤에 산당에서 혼자 자려니 잠이 오지 않았다. 솔잎 위로 뜬 별이 잠들지 말고 일어나라는 듯이 나를 부르고 있다. 천장이 몇 천 칸이나 되는 중

력을 가지고 내려누를 것만 같다. 누구라도 좋으니 한 사람 옆에 있었으면 좋겠다고 생각하였으나, 솔잎에 흔들리는 바람 소리뿐이었다.

9월 25일 목요일 맑음

아침저녁으로 산산한(시원한 느낌이 들 정도로 서늘함) 바람이 분다. 뒷산 골짜기에서 들국화 한 송이를 꺾어 왔다. 하얀 봉우리 — 세상의 모든 정결과 성스러움을 가진 듯한 그 표정! 아, 강한 자여! 네 지존(至尊)에 내 마음이 움직인다. 거룩함과 높음과 깨끗함을 파는 모든 사람. 아! 그대들은 이 들국화 꽃잎 앞에 발을 멈추고 고개를 숙인 적이 있는가?

한 떨기를 화병에 꽂고 고요히 눈을 감다. 아! 주여, 나의 영혼에 저 꽃을 삭여주소서. 하늘은 높고, 구름은 희다. 산새들은 요란스럽게 속삭인다. 모든 나무가 가벼운 발자국으로 하늘을 향해 승천할 것 같다. 음류(淫流, 어지럽게 흐르는 모양)하는 파란 상처를 속삭인다. 은령(銀鈴, 은방울)의 바람은 솔잎을 안고 골짜기 안에 퍼진다.

— **1939년 서간집 《나의 화환》**

⊙ 춘성 노자영(春城 盧子泳)

— 노자영은 주로 영탄조 가락에 감상적이고 소녀적인 취향의 낭만시를 많이 썼으며, 일제강점기라는 참담한 현실 속에서 우리 민족의 정서를 담아내고자 했다. 이 작품은 <청조사>라는 출판사를 경영하면서 경제적으로 넉넉해진 그가 폐질환으로 학업을 그만 두고 투병생활을 하면서 쓴 것이다.

●●● 노 자 영

세심천의 달밤

파운 형!

그간 안녕하십니까? 요전에 정거장까지 나와 주셔서 정말 감사했습니다. 이 아우는 그다음 날 아침 무사히 삼방(三防)에 도착했습니다. 삼방이라고 하면, 풍경이 매우 좋을 것으로 생각했습니다만, 실상 와서 보니 그리 감탄할 수준은 아닙니다. 피서객이란 대개 아픈 사람이 많고, 그밖에 모던 보이와 모던 걸도 다수 있습니다. 그들이 컵을 들고 약수터로 모여드는 광경은 매우 이채롭습니다. 제각기 물을 한 잔이라도 더 먹으려고 야단이기 때문입니다. 그 약수란 '사이다' 비슷한 것으로 위장병에 특히 효과가 좋다고 합니다.

파운 형!

삼방은 고원지대라 매우 시원합니다. 요즘 같은 삼복염천(三伏炎天, 삼복 무렵의 몹시 심한 더위)에도 아침저녁으로는 겨울 외투를 입어야 할 정도입니다. 그래서인지 모기도 별로 없습니다. 또 세심천(洗心川)이라는 큰 시내가 흰 파도를 날리며 흉흉이(洶洶—, 물결이 세차고 물소리가 매우 시끄러운) 흘러가고, 뒤에는 기각봉이 병풍처럼 서 있습니다. 아마 그것마저 없다면 심장이 없는 사람과 똑같을 것입니다. 숲에 청정한 소나무 한 그루 없기 때문입니다.

파운 형!

세심천의 달밤은 매우 아름답습니다. 깊은 산을 넘어오는 달빛은 명랑하거니와 세심천 위에 비치는 그 그림자는 문자 그대로 금이 아니면 옥입니다. 반금반옥(半金半玉)의 물결이 바위에 부딪히며 천조만사(千條萬絲, 길고 가느다란 물건이 여러 갈래로 늘어진 모양)의 안개를 뿜고, 방울마다 구슬이 되어 하면일폭(河面一幅, 물빛에 그린 한 폭의 그림)에 날리는 광경은 흡사 도시의 네온사인을 연상케 합니다. 그리하여 'Illumination'에 취한 손님들은 바위 위에 화석처럼 앉아 명상에 빠지곤 합니다. 그리고 어디선가 여자의 가냘픈 목소리가 들려옵니다.

사랑인가? 눈물인가? 긴 한숨인가?
장미꽃 붉은 떨기에는 가시가 있네.

형!

세심천의 달밤이 없다면 삼방은 아무것도 아닙니다. 누가 약수만 먹기 위해서 삼방을 오겠습니까? 삼방이 아름답고, 삼방이 좋다는 것은 모두 세심천의 아름다운 달밤 때문입니다.

형!

한번 오시구려. 형의 애인 역시 이곳을 매우 좋아할 것입니다. 세심천 달밤에 한번 취하는 것은 값비싼 포도주 몇 잔 먹고 호기를 부리는 것에 비할 바가 아닙니다. 사람들에 의하면, 자신도 모르는 사이에 세심천의 달밤에 취한다고 합니다.

형!

세심천에 비치는 달이 기각산을 넘기 시작하면 피서객들은 짝을 지어 콧노래를 부르며 숙소로 들어갑니다. 그들의 밤은 매우 달콤할 것입니다. 그 모습을 지켜보는 저는 창에 비친 달을 원망스럽게 바라보며 긴 밤을 지새우곤 합니다.

이곳은 숙소도 잘 정돈되어 있고, 밥값도 그리 비싸지 않습니다. 그러니 꼭 한 번 오시기 바랍니다. 총총!

__ 1939년 서간집《나의 화환》

⊙ **삼방(三防)**

__ 함경남도 안변에 있는 약수와 온천으로 유명한 유명 관광지. 여름이면 경원선 기차를 타고 피서를 가는 사람이 많았다.

⊙ **총총(悤悤)**

__ 편지글에서 '끝맺음'의 뜻을 나타내는 말

●●● 노 자 영

여름날의 추억

그리운 벗이여!

벗의 편지를 오늘 아침 반갑게 받았습니다. 나는 지금 막 해수욕을 하고 돌아오는 길이라오. 몸이 나른하도록 물놀이를 하고 돌아와서 한참 누워있었지요.

아! 다시 생각해도 시원하기 그지없소. 푸른 바다! 해풍에 나부끼는 아가씨들의 검고 긴 머리카락! 절대 싫지 않은 바다의 유혹! 그것에 이끌려 나는 살이 새까맣게 타는 것도 잊은 채 날마다 명사십리를 찾는다오.

요즘은 날씨마저 좋습니다. 그래서인지 인어처럼 예쁜 사람들의 그림자가 아침부터 저녁까지 끊일 줄 모른다오. 그곳에는 빈부귀천도 없어요. 남녀 불문하고 모두 자유롭게 즐길 뿐입니다. 그러니 더는 옛날의 에덴동산을 꿈꾸지 말고 이곳으로 오라고 말하고 싶어요.

쪽빛 푸른 하늘에는 흰 구름이 신선이 되어 유람하는 듯 — 그러나 바다에서 보면 어느 것이 하늘이요, 어느 것이 물인지 알 수 없습니다. 참,

잊었구려. 오늘은 바둑돌같이 알락알락(여러 가지 밝은 빛깔의 점이나 줄 따위 무늬가 고르게 촘촘한) 한 조개를 한 바가지나 잡았다오. 저녁에 국을 끓여 먹을 생각이오. 어제는 도미와 꽃게를 사 왔는데, 도미는 구워 먹고, 게는 기름에 볶아서 배가 터지도록 먹었다오.

요즘, 우리는 날마다 노는 것이 일이라서 어떻게 하면 더 재미있게 놀까—그 연구뿐이라오. 정숙이, 연주, 정옥이 모두 왔습디다. 우리는 수영 후 모래밭에 큰 우산(파라솔)을 받쳐놓고 노래도 부르고, 장난도 치며, 즐거운 시간을 보냈다오. 그럴 때마다 나는 벗을 떠올리곤 했소. 벗이 있었으면 한몫 끼여 잘 놓았을 텐데.

그뿐이겠소—요즘 들어 밤이면 고운 달이 떠서 저녁을 일찍 먹고 송도원 송림 사이로 달구경을 가곤 하오. 달은 흔들리는 물결을 붉게 물들여 결국 내 마음마저 흔들어 놓는다오. 바둑돌을 하나둘씩 던지며 끝없는 꿈속에 잠기면, 실바람을 타고 들려오는 노랫소리와 바이올린 소리가 왜 그리 신비스러운지—그럴 때면 가수가 되지 못한 것이 후회되오. 그때 벗이라도 옆에 있다면! 하고 서운한 마음에 뒤를 돌아본 적도 여러 번 있소. 벗도 알다시피, 우리 편(경숙이네 형제와 우리 형제)은 울지 못하는 매미 떼와도 같소. 그래서 화가 나면 기타 줄만 되는대로 쥐어뜯는다오. 누구나 아름다운 여름밤을 노래하고 싶을 것이오. 하지만 노래를 못하는 우리로서는 그것이 못내 부러울 뿐이오.

다리 인근은 항상 피서객으로 가득하오. 그들은 그 밤을 그냥 보내기 안타까운 듯 밤이 깊어도 돌아갈 줄 모르오.

아! 아름다운 여름밤—이곳의 밤은 환락의 밤이요, 신선들의 세계랍니다. 이럴 때마다 벗이 잘 부르는 〈호프만의 뱃노래〉가 귓전을 스치고 달아나는 듯하구려.

신(辛)이! 단 하루라도 좋으니 다녀갈 수는 없소? 우리가 살면 얼마나 살겠소?—복잡한 현실과 너무 싸우지 말고 눈 딱 감고 한 번 오시구려. 난들 돈이 많아서 왔겠소?—건강한 몸을 얻어가니 뿌듯할 뿐이오. 내가 소화불량 때문에 얼마나 힘들었는지 잘 알고 있을 것이오. 하지만 지금은 그 그림자도 찾을 수 없을 만큼 건강하다오. 심지어 삼시 세끼만 먹고는 배가 고파서 도저히 견딜 수가 없을 지경이오. 내가 지난번에 얘기했던가?—방을 얻어 자취를 한다고. 그것이 여간 재미있지 않다오. 방이 넓어 시원해 좋을 뿐만 아니라 반찬은 바다에서 건지는 놈으로 하니까, 어찌나 맛있는지 저녁이면 밥 두 공기밖에 못 먹던 내가 네 공기는 보통이라오.

이렇게 방까지 얻었으니, 한 달은 더 이곳에 있을 작정이요. 바쁘지 않으냐고? 몸을 건강하게 만들어 더 부지런히 일하면 되지 않겠소. 그 안에 한 번 다녀가시구려. 차비만 쓰구려! … 밥은 내가 낼게… 호호호, 좀 재미있을게요.

생각만 해도 재미가 옥실옥실('옥시글옥시글'의 준말. 여럿이 한데 모여 몹시 들끓는 모양)! 그저 붙들지 않을 테니, 휴가만 얻어서 와요. 즐겁게 놀아야 일도 잘 할 수 있으니까.

그럼, 기다리겠소. 언제 온다는 편지만 하면 내가 마중 나갈 테니… 꼭 기다리오.

글피가 일요일이니 모레 오후에 와요. 안 오면 나는 골낼(비위에 거슬리거나 마음이 언짢아서 화를 냄) 테야…

그럼 만날 날을 기다리며, 그만두겠소. 빠이빠이.

S로부터

__1939년 서간집《나의 화환》

⊙ **호프만의 뱃노래**

__ 작곡가 자크 오펜바흐가 쓴 유일한 오페라. 시인 호후만을 주인공으로 한 3가지 사랑 이야기를 프롤로그와 에필로그 사이에 끼워 넣은 옴니버스로 구성되어 있다.

●●● 노자영

고향의 여름

1

여름방학이 시작되어 집으로 돌아온 다음 날이었다. 아침 일찍 일어나 집 옆에 있는 채소밭으로 나가 보았다. 오이 넝쿨이 이리저리 뻗어서 손바닥같이 넓은 잎사귀가 너울너울 움직이고 있었다. 잎사귀에는 진주알 같은 이슬이 대롱대롱 맺혀 있었다. 그런가 하면 느티나무 아래서는 닭이 날개를 치며 울고 있는 것이 보였다. 박 서방 네서는 '음매'하는 송아지 울음소리가 들려왔다.

"참, 한가한 동네로군!"

나는 복잡한 도시를 떠올리며 눈앞에 있는 풍경을 마음에 가득 담았다. 유쾌하기 그지없었다. 그때 또 닭이 날개를 치며 목을 늘인 채 우는 소리가 들려왔다.

"지난봄 학교에 갈 때 태어난 녀석이 벌써 저렇게 커서 날개를 치며 우네!"

나는 신기해서 그놈을 한창 바라보다가 다시 오이 넝쿨을 둘러보았다. 어른 팔뚝처럼 큰 오이가 주렁주렁 매달린 것이, 마치 대지를 베고 잠든 채 아침 꿈에서 아직 깨어나지 않은 듯했다.

나는 탐스럽고 만족스러운 마음에 오이를 만져 보다가 다시 감자밭으로 향했다. 파란 넝쿨이 어린애 더벅머리처럼 엉키어 땅이 잘 보이지 않았다. 넝쿨을 제치고 감자알을 손가락으로 파보았더니, 어른 주먹만 한 감자가 파면 팔수록 데굴데굴 굴러 나왔다.

"이렇게 신통하고 기쁜 일이 또 어디 있을까."

이 감자는 내가 도시로 떠나기 전, 일꾼 한 명과 어머니, 나 이렇게 셋이서 직접 심은 것이었다.

"애야, 좀 쉬었다 해라!"

어머니가 헐떡거리는 나를 보며 애처로운 듯이 말했다.

"괜찮아요. 일도 해보니까 재미있네요!"

"애가 강단은 있어서…"

그러면서 나를 바라보며 빙긋 웃었다.

이렇듯 봄에 심은 감자가 벌써 어른 주먹처럼 크게 열렸다는 것은 매우 유쾌하고 신기한 일이었다.

"이런 신통한 일이 어디 있나. 불과 석 달 만에 이렇게나 컸다니…"

나는 혼자 중얼거리며 무슨 기적이라도 발견한 듯이 서늘한 만족을 느꼈다.

사실 나는 감자를 그리 썩 좋아하진 않는다. 그래서 먹는 것보다는 캐는 재미를 더 좋아한다.

나는 주섬주섬 감자를 한 움큼이나 캐어놓았다.

"병길아! 지금 뭐하니? 감자 그만 캐! 더 크면 캐야지!"

어머니가 밭으로 나오며 나를 향해 외쳤다.

"감자 캐는 재미가 꽤 좋아요. 벌써 이렇게 어른 주먹처럼 컸어요."

"그래, 벌써 꽤 컸구나. 어른 주먹만 하네!"

"어머니, 이따가 이것 좀 삶아주세요. 설탕도 사 왔으니… 네?"

나는 오랜만에 어머니를 향해 어리광을 피웠다.

"그래, 알았다. 잘 먹지도 않으면서…"

어머니는 바구니 가득 감자를 담아 집으로 들어갔다.

나는 집 대신 뜰 앞에 있는 개울을 향해 내려갔다. 감자를 캐느라 더러워진 손과 얼굴을 깨끗이 씻은 후 돌무덤에 자리를 잡았다. 개울 속에는 조그만 송사리 떼가 꼬리를 치며 왔다 갔다 하고 있었다. 꾸구리(토종 민물고기)나 가재도 심심찮게 보였다.

개울 반대쪽에는 어려서부터 봐왔던 처녀의 머리카락처럼 길길이 늘어진 몇천 오라기(길고 가느다란 조각을 세는 단위)의 버들가지가 물에 닿을락 말락 하게 덮여있었다. 그리고 그 좌우로는 느티나무가 열을 지어 서 있다. 그 무성한 잎사귀가 하늘을 가리고 그 사이로 조금씩 비치는 아침 햇살이 금실 오라기처럼 물 위로 흘러간다. 매미 몇 마리가 울더니 그만 그치고, 잠시 후 까치란 놈이 와서 깍깍하고 울어댄다. 다시 저쪽에는 꾀꼬리가 흘러가는 물소리처럼 꾀꼴꾀꼴하고 울고 있다. 건넛마을 정 서방 집 당나귀가 하품하듯이 우는 소리가 들린다.

2

아침을 먹은 후 뒷산에 올랐다. 멍석을 느티나무 아래 편 후 조용히 누웠다. 황해도 중에서도 제일 두메요, 그중에서도 제일 산촌인 이곳은 실로 동화에나 나올 법한 산국(山國, 산이 많은 나라)이다. 무성한 느티나무가 백여 그루 널려있고, 그 아래 풀이 드문드문 깔려있다. 그러다 보니 서늘하기가 이루 말할 수 없을 정도다. 특히 오백 년이나 묵었다는 네 아름이나 되는 크나큰 노각(늙어서 빛이 누렇게 된) 느티나무는 이 동네 사람들이 신목(神木, 신령이 강림하여 머물러 있다고 믿어지는 나무)이라고 해서 해마다 제사를 지낸다. 그뿐만 아니라 밤이면 도깨비가 방망이질한다는 전설이 있어, 애들은 무서워서 그 곁에 가지도 못한다. 또한 천 가지 만 가지로 벌어진 나뭇가지는 온통 푸른 잎으로 하늘을 가리고, 그 아래는 언제나 서늘한 바람이 슬슬 불어 온다.

나무를 쳐다보니, 노란 다람쥐 한 마리가 이 가지에서 저 가지로 옮겨 다니며 재주를 부리고 있다. 나는 일어서서 '이놈'하고 돌멩이 하나를 던졌다. 그랬더니 깜짝 놀란 다람쥐는 어디로 도망가 버렸는지 더는 보이지 않았다. 이때 어머니가 삶은 감자를 바구니에 가득 담아 가지고 올라오셨다. 이 더위에도 무명적삼과 무명치마를 입은 어머니는 힘에 부친 듯 손으로 연신 땀을 훔쳤다.

"여긴 시원하구나. 식기 전에 어서 먹어라."

"어머니 베적삼이나 하나 해 입으시지!"

"어디 돈이 있어야지."

"뭐, 베적삼 하나쯤이야!"

"나는 일 년을 가도 내 몸을 위해서는 일 원도 안 쓴다. 그래도 네 학비를 대려면 죽을 지경이야!"

"어머니 돈은 써야 생긴대요."

"철없는 소리 그만두렴! 나야 돈을 쓰면 뭐하니? 한 푼이라도 모아서 네게 줘야지?"

나는 항상 어머니의 뜨거운 사랑에 감격하고 있다. 하지만 이 더위에도 베적삼 하나 못해 입고 무명적삼을 입은 채 여름을 나는 어머니를 생각하면 그 심성에 더욱 감격하지 않을 수 없다.

어머니는 젊어서 홀로 된 후 나 하나만을 바라보고 지금껏 살아왔다. 젊어서는 잡화행상을 하며 적지 않을 돈을 모으기도 했다. 하지만 지금은 사람을 두고 농사를 짓고 있다. 이에 그 열성과 성의를 생각하면 어린 마음에도 감격하지 않을 수 없었다.

"시원한데 누워서 책이나 보렴!"

"네, 아주 시원해요!"

어머니가 내려가신 후 나는 누워서 앞산을 바라보았다. 거기에는 작은 산, 중간 산을 넘어 크고 험상한 '돗바위'라는 큰 석산이 하늘가에 줄을 치고 있다. 또 그 서쪽에도, 남쪽에도 첩첩이 산이 산을 두르고, 산으로 성을 쌓고 있다. 그렇다. 이곳은 산의 나라요, 물의 나라요, 돌의 나라다. 나는 이곳에서 태어나 열여섯 살까지 자랐다.

동네 한복판에는 꽤 넓은 들이 있고, 그 들에는 밭이 널려있다. 또한, 골짜기마다 농사를 지을 수 있는 밭이 많이 널려있다. 이곳은 우리 집안이 대대로 살아온 산중왕국이었다.

자리에 누워 영어책을 몇 줄 읽다 보니, 도시로 공부하러 떠날 때 동구 밖까지 나와서 손짓을 하던 예쁜이가 이쪽을 향해 걸어오고 있었다. 나는 무의식적으로 반쯤 일어서서 얼굴을 약간 붉힌 채 인사를 건넸다.

"오래만이야, 잘 지내지?"

"공부하러 갔다더니, 언제 왔어?"

예쁜이는 이렇게 반말을 하며 곁으로 다가와 앉았다.

"그저께!"

"그래, 좋은 구경 많이 했지?"

"그럼, 기차도 타고, 배도 타고, 비행기도 보고, 전차나 전등도 보고…."

"그게 뭐야? 난 처음 들어보는 이름이네. 전등이 도대체 뭐야?"

"전기로 불을 켜는 것이지!"

"전기라니?"

"말하자면 번갯불이야!"

"정말! 번개로 어떻게 불을 켜? 원, 세상에…"

"어디 번개뿐인가. 비행기 타고 하늘도 나는데."

"원, 저런?"

"세상이 여간 발달했어야지?"

나는 예쁜이를 쳐다보았다. 희끄무레하고 통통한 얼굴, 함박꽃처럼 탐스러운 이마, 게다가 명주 수건을 푹 내려쓰고 분 하나 바르지 않은 얼굴이건만 풍만하고 시원한 표정이 그리 밉지 않았다.

예쁜이는 나와 어려서부터 한마을에서 자랐다. 또한, 내가 이곳에서 십 리나 떨어진 '새몰'이란 동네에 있는 학교에 다닐 때부터 나를 유심히 바라보곤 했다. 나를 좋아했기 때문이다. 그래서 늘 나를 바라보며 웃기도 하고, 얼굴을 붉히기도 했다. 하지만 도시에서 예쁜 여학생을 실컷 본 내게는 그리 신통하지도 않았을 뿐만 아니라 정열을 끓어 올릴만한 상대도 못 되었다.

하지만 순진하고 살진 송아지 같은 그녀를 볼 때면, 더구나 열일곱 살을 겨우 맞이한 그녀의 붉은 웃음을 볼 때면 다소 마음이 설레지 않을 수 없었다.

"그래, 여름방학 동안 뭐했니?"

"그저 놀았지. 양잠하느라 늘 뽕이나 따러 다니고…"

"참 좋았겠네. 우리 속담에 '뽕도 따고 임도 딴다.'라는 말도 있잖아. 하하하!"

"도시서 살다 오더니, 어떻게 된 거 아니야?"

그녀는 손으로 내 등을 한번 때리는 척하더니 이내 얼굴을 붉혔다. 하지만 화를 내지는 않았다.

"그럼, 뽕만 땄어?"

"그럼, 뽕만 땄지."

"저런 예쁜 아가씨가."

"왜 무슨 문제 있어?"

"아니, 예쁜이라 예쁘니까 그렇지! 하하하"

우리는 얼굴을 붉히며 잠깐 함께 웃었다.

3

집으로 내려와서 점심을 먹은 후 들 구경을 나갔다. 동네에서 십여 리쯤 올라가면 중산막이라는 벌판이 있다. 거기에 우리 조밭이 네 군데나 있는데, 오늘이 조밭 김매는 날이었다.

어머니는 일찌감치 점심을 먹고 먼저 나갔고, 나는 느지막이 밀짚모자를 쓰고 손부채를 건들건들 부치면서 중산막을 찾았다.

찌는 듯한 날씨였다. 산모퉁이를 돌아 작은 시내를 건너니 조밭이 파랗게 펼쳐져 있었다. 아직 이삭은 피지 않았지만, 씩씩하고 굵직굵직한 것이 보기에도 좋았다. 나는 조 밭머리 느티나무 아래 한가히 앉아서 부채를 부치고 있었다. 일꾼들은 밭 한복판에서 김을 매고 있어서 보이지 않았다.

잠시 후 쉴 때가 되었는지 일꾼들이 밭머리로 걸어 나왔다. 그러더니 얼굴 가득 흐르는 땀을 주먹으로 씻어내면서 내게 인사를 건넸다.

"에—고, 더워 죽겠다!"

"이놈의 일을 늙어 죽도록 해야 하니…"

"늙어 죽는 것은 고사하고, 이렇게 고생하고 지랄해도 먹을 게 없으니…"

그들은 이야기를 나누며 죄 없는 호미 탓을 했다.

"제기랄, 이놈의 호미는 저승에서부터 내게 붙어왔나?"

그때 김 잘 매기로 소문난 박 서방이 호미를 내던지며 말했다.

"에—고, 죽겠다! 난 오늘 죽는다, 죽어."

그러더니 눈을 치켜뜬 채 입을 실룩거리며 죽는시늉을 했다.

"호호호, 정말 죽으려나."

"아저씨, 제발 참으세요. 돌아가시면 안 돼요."

"저 사람 정말 죽겠네!"

"이놈 못 죽으면 내 아들이다."

일꾼들은 손뼉을 치며 웃어댔다. 그러자 박 서방은 그만 숨이 차서 땅바닥에 털썩 주저앉아버렸다.

"너무 속이 상하니까, 가끔 이런 연극이라도 해야지."

"아저씨, 좀 더 해보세요."

"이놈 죽는다고 해놓고, 못 죽는 놈은 개똥만도 못 하다!"

그들은 또 이렇게 이야기를 나누며 느티나무 아래 이리저리 쓰러져

누었다.

서늘한 바람이 부드러운 발자국으로 그들의 가슴을 밟고 지나간다. 유난히 높은 하늘은 쪽빛으로 물들고, 하얀 눈덩이 같은 구름 몇 점이 보기 좋게 피어올랐다. 그 사이에 일꾼들은 드르릉드르릉 코를 골며 잠이 들고 말았다.

4

다음날, 나는 내가 좋아하는 낚시질을 가게 되었다. 동네에서 남쪽으로 조금만 내려가면 청류대란 바위가 있다. 이 바위는 층암(層岩, 계단처럼 층층이 만들어진 바위)으로 펼쳐있는 괴암으로, 큰 시냇물이 둘레를 치며 흘러간다. 조그만 웅덩이가 진 곳에는 바위가 널려 있고, 그 아래에는 손바닥 같은 돌천어(石川魚, 석천어)가 시글시글 몰려다닌다. 이에 버드나무 아래서 낚시를 드려놓고 있으면 이놈들이 몰려와서 낚시를 물다가 그만 나의 밥이 되는 것이다. 그 맞은편에는 돗바위라는 기괴한 암석이 솟아있어서 마치 배의 돛대 모양 같은 풍경을 이루고 있다.

나는 아침부터 낚시에 그만 재미를 붙이고 말았다. 이에 돌천어, 중태, 메기, 꾸구리(잉엇과의 민물고기) 등을 한 망태기나 잡았다.

동네 입구에 다다랐을 무렵, 예쁜이가 바구니를 들고 이쪽을 향해 걸어오는 것이 보였다.

나는 가슴이 설레는 것을 꾹 참으며 천연덕스런 표정으로 그녀에게 말을 걸었다.

"어디 가니?"

"어, 뽕 좀 따려고."

어쩐지 얼굴이 좀 붉어지는 것이 보였다.

"내가 좀 도와줄까?"

"정말? 그러면 고맙지."

예쁜이는 매우 기뻐하는 눈치였다.

"하지만 남들이 흉보지 않을까?"

"뭐, 뽕 따는데 누가 뭐래? 또 흉보면 말지, 뭐."

그녀가 제법 세게 나왔다.

"그럼, 나도 따라가서 도와줄게."

나는 그녀의 뒤를 따라나섰다. 고기 망태기를 들고 그녀를 따라가는 것이 어쩐지 좀 싱거워 보였다. 하지만 싫지만은 않았다. 그녀의 삼단 같은 머리와 통통한 발이 매우 예뻐 보였다. 우리는 도시 이야기, 기차 이야기, 비행기 이야기 등을 주고받으며 제법 많은 양의 뽕을 땄다. 그리고 서로의 얼굴을 쳐다보며 어색한 듯이 웃었다.

해가 질 무렵, 우리는 집으로 향했다. 그러던 중 동구 밖에 있는 야생살구 나무 아래서 갑자기 발길을 멈추었다.

나는 나무꼭대기를 쳐다보며 이렇게 말했다.

"아직도 저 끝에 살구가 있네."

"우리 올라가서 딸까?"

"너 나무에 오를 줄 알아?"

"그럼, 그까짓 것 아무것도 아니지 뭐."

그와 동시에 그녀는 뽕 바구니를 땅바닥에 내려놓고 나무를 기어오르기 시작했다. 나 역시 그 뒤를 따랐다. 그녀는 몸이 뚱뚱한 데도 다람쥐처럼 나무를 제법 잘 탔다. 그리고 마침내 꼭대기까지 올라가 남아 있는 살구 몇 개를 땄다. 그리고 그중 한 개를 내게 건넸다.

"자, 먹어봐!"

나는 덥석 받아서 씹어 보았지만 시고 떫을 뿐 맛이라고는 없었다.

"에그, 시어!"

그와 함께 살구를 땅으로 내던져버렸다. 하지만 그녀는 인상 한 번 찌푸리지 않고 맛있게 먹었다.

나는 한참이나 나무에 붙어 있다가, 그녀가 있는 곳까지 다시 기어 올라가 함께 큰 가지에 걸터앉았다. 공연히 가슴이 설레었다. 하지만 그녀는 아무 말 없이 살구 잎만 따서 땅으로 던지고 있었다. 그러던 중, 그녀가 갑자기 뒤뚱거리며 떨어지려고 했다. 나는 있는 힘을 다해 그녀를 붙잡았다. 그리고 그녀를 끌어안았다.

잠시 후 추락의 무서움이 지나간 뒤 그녀는 내게서 몸을 빼려고 했다. 그러나 나는 살진 암소 같은 포근한 그녀의 몸을 놓아 줄 수 없었다. 이에 더 힘을 주어 그녀의 몸을 꽉 껴안았다. 잘 익은 감처럼 보드랍고 달콤한 포옹의 마취! 통통한 가슴의 포근한 탄력! 눈에 아무것도 보이지 않았다.

그녀는 그녀대로 고개를 숙인 채 가만히 있을 뿐이었다. 결국, 내 입술은 그녀의 입술을 점령하고 말았다. 살구나무에는 저녁 빛이 핏빛처럼 붉게 물들고 있었다. 나는 언제까지고 그녀를 안은 채로 나뭇가지에 앉아 있었다. 어여쁜 한 쌍의 새처럼!

해가 지고 서늘한 저녁 빛이 넓은 장막을 가지고 몰려오기 시작하였다. 나는 그녀를 놓아준 후 얼굴을 쳐다보았다. 하지만 그녀는 무엇이 부끄러운지 여전히 고개를 숙이고 있었다. 얼핏 보니, 하얀 얼굴이 앵두 빛처럼 벌게져 있었다.

건넛마을 오 서방이 소를 끌고 저편으로 올라오는 게 보였다. 나는 갑자기 싱거운 생각이 나서 주머니에서 성냥을 꺼내 불을 그었다. 그리고 소가 살구나무 아래를 지날 때 소 등에 그것을 떨어뜨렸다. 그러자 그만 소털에 불이 붙고 말았다. 이내 소는 뜨거움을 참기 위해 소리를 치며 네 굽을 들고 내달았다.

"앙!"

"이놈의 소가 왜 야단이야!"

이유를 모르는 오 서방은 고삐를 쥔 채 번개같이 따라갔다. 그 모습을 지켜보던 나는 그만 웃음이 터져 나왔다. 예쁜이 역시 호호하며 배를 쥐고 웃었다.

나는 그녀의 손목을 잡은 채 내 앞으로 잡아당겼다.

"집에 가자, 응?"

그러고는 나무에서 내려와 집을 향해 발걸음을 옮겼다.

5

며칠이 지났다. 저녁을 먹은 후 마당에 멍석을 깔고 앉았다. 집에서 일하는 사람 하나가 관솔불을 켜놓았다. 그 옆에서는 모닥불이 번쩍번쩍 타고 있었다. 서늘한 여름밤이었다.

잠시 후 이웃집 박 서방과 복녀 어머니, 만돌 아주머니가 놀러 왔다.

어머니는 삶은 옥수수를 가져다가 한 개씩 나눠주며 먹으라고 권했다. 모닥불에서 옥수수를 먹으며, 지난번 어느 밤에 건넛마을에 호랑이가 왔었다는 말과 함께 정 서방네 강아지를 늑대가 물어갔다는 이야기 등을 들었다.

저쪽 느티나무 그늘에서 반딧불이 반짝반짝하며 숲 옆에서 불을 켜고 있었다. 화장실 지붕 위에는 하얀 박꽃이 소복한 처녀처럼 고개를 숙이고 있었다.

나는 마당 한편에서 반딧불을 보고 있었다. 그때 갑자기 우리 집 개가 멍멍하고 짖었다. 고개를 들어 쳐다보니, 예쁜이가 우리 집을 향해 걸어오는 것이 보였다. 그녀는 우리 어머니와 마을 사람들에게 인사를 건넨 후 내 곁으로 와서 앉았다. 하얀 모시 적삼과 검은 치마 — 밤이지만 여간 단장을 한 게 아니었다. 하지만 뭐가 부끄러운지 맥없이 고개를 숙이고 있었다.

느티나무 위에는 별이 주렁주렁 매달렸고, 채소밭 울타리에는 반딧불 한 마리가 반짝반짝하며, 마치 미행하는 사람처럼 조심스럽게 날고 있었다.

이를 본 예쁜이는 토끼처럼 껑충껑충 뛰어서 그곳으로 갔다.

"반디, 반디, 반딧불! 여기에 불을 주렴."

그녀는 달아나는 반딧불을 쫓았다. 그리고 반딧불을 잡은 뒤 울타리에서 호박꽃을 따서 그 속에 집어넣었다. 그러자 호박꽃은 조그만 황금 초롱('등롱'을 달리 이르는 말. 등롱 안에 주로 촛불을 켜기 때문에 붙여진 이름이다)이 되었다. 그녀는 그것을 세 차례 반복했다.

잠시 후 호박꽃 초롱 세 개를 쥔 그녀가 풀밭 위를 걸었다. 나는 그녀를 향해 급해 뛰어갔다. 그러자 그녀가 내게 반딧불을 하나 내주었다. 그렇게 해서 둘이서 검은 밤을 낀 채 캄캄한 길을 말없이 걷고 또 걸었다.

반딧불이 또 한 마리 날아왔다. 나는 그것을 잡아 그녀에게 건넸다.

"이것 좀 보렴. 꼭 새색시 눈 같아."

"뭐, 그까짓 반딧불이?"

그러면서 내 팔을 붙잡았다. 이에 나는 그녀를 꼬옥 끌어안았다.

"병길 씨! 나도 가을에 병길 씨 따라서 도시에 갈 테야!"

"안돼!"

"병길 씨 보고 싶어서 어떻게 혼자 있어."

"그래도…"

"아니, 꼭 따라갈 테야!"

그녀는 내 허리를 꼭 안으며 어리광을 했다.

어디서 소쩍새 우는 소리가 들려왔다. 그리고 잠시 후 나를 부르는 어머니의 목소리가 들렸다.

"병길아, 참외 먹어!"

우리는 다시 어머니가 부르는 곳을 향해 걷기 시작했다. 나무 숲 속에서는 흘러가는 물소리가 유난이 서늘하게 들렸다.

__1938년 수필집《인생안내》

여름밤 농촌의 풍경 점점(點點)

세월도 어지간히 빠릅니다. 아이들의 버들피리 소리가 아직 들리는 듯하건만, 벌써 그 봄이 언제 왔냐는 듯이 자취를 감추어버리고, 초록 치마를 길게 드리워 입은 씩씩한 여름이 왔습니다.

계절이 바뀜에 따라 사람들이 느끼는 정서도 가지각색으로 변하는 것인가 봅니다. 왜 그런지 몰라도, 봄은 심란하게 맞았지만, 여름은 즐겁고 기쁘게 맞는 듯싶기 때문입니다.

여름… 더구나 농촌의 여름은 농민들에게 있어서 일 년 중 가장 긴장될 때입니다. 그들의 생명선이 이 여름 한 철에 좌우되기 때문입니다. 그래서인지 여름에 들면서부터 잠 한숨 마음 놓고 잘 수 없는 모양입니다. 그 애쓰는 모습을 본다면, 우리가 항상 먹는 쌀이 무심히 보이지 않을 것입니다.

지금은 어슴푸레한 황혼입니다. 저 서쪽 하늘가에는 붉은 노을빛이 몇 갈래로 찢긴 채 길게 그어져 나갔습니다. 그 아래로 검푸른 산이 마치 병풍을 친 것처럼 구불구불 돌아서 있고요. 또 그 뒤로는 어린아이의 눈처럼 귀여운 별이 방긋방긋 웃고 있습니다.

저녁을 먹은 후 나는 뜰에 서서 이 모든 것을 바라보다가 도저히 견딜 수 없어서 뒷산에 올랐습니다. 산에 올라서서 보니 기가 막히게 좋습니다. 그 실경(實景, 사실 그대로의 경치)이란 도저히 붓끝으로 그릴 수 없을 지경입니다.

눈이 아물아물(작거나 희미한 것이 보일 듯 말 듯 하게 조금씩 자꾸 움직이는 모양)하도록 펴나간 저 푸른 벌! 그 속으로 반짝반짝 빛나는 작은 시내(골짜기나 평지에서 흐르는 자그마한 내)며, 이 산모퉁이 저 산모퉁이 끝에 다정스레 붙어 앉아 있는 농가들.

들을 건너 새로운 보금자리를 찾는 새의 무리가 푸른 하늘가에 높이 떠 있습니다. 그 날개까지도 파랗게 보입니다. 저들에게 있어 낮이 엄한 아버지라면, 밤은 자애로운 어머니일 것입니다. 그 평화로운 품에 안기어 차츰차츰 잠들어가는 저 푸른 벌. 감히 누가 저들의 고운 꿈을 깨울 수 있을까요.

이제야 농민들은 집으로 돌아가는 모양입니다. 살았다 꺼지는 담뱃불이 여기저기서 나타났다가 사라집니다. 물먹은 솜처럼 피곤해져서 풀려버린 그들의 몸이 멀리서도 빤히 들여다보입니다. 그들은 언제나 이렇게 열심히 살건만 조밥조차도 배불리 먹지 못합니다. 우리 앞뒷집이 농사를 짓고 있어서, 저는 그들의 일상생활을 누구보다도 샅샅이 알고 있습니다.

저녁 늦게야 집에 돌아온 그들은 조밥이나 밀죽으로 간단하게 끼니를 때웁니다. 하지만 생활이 어려운 이들은 도토리 같은 것으로 대신하기도 합니다. 그리고 피로함에 못 이겨 아무 데나 쓰러져서 잡니다. 그러니 어디 옷을 벗어보고, 이불을 펴보겠습니까. 그나마 잠조차도 마음대로 잘 수 없는 것이 농촌 부인들입니다. 그들은 온종일 남편과 같이 일하고도, 밤이 되면 빨래질해서 옷 꿰매느라, 내일 아침에 먹을 음식 준비하느라, 밤을 새우는 것이 거의 일상이 되다시피 했습니다.

밤중에 화장실에 다녀오다 보면 바늘을 든 채 일감을 떨어뜨리고 벽을 의지해 자는 옆집 부인을 볼 수 있습니다. 그러다가도 그녀들은 무엇에 놀랐는지 다시 바늘을 놀립니다. 하지만 그것도 잠시. 금방 또 졸음에 겨운 고개를 떨어뜨리곤 합니다. 이런 것을 바라볼 때마다 가슴속에서 무엇이 화끈화끈 일어나는 것을 느낍니다. 그렇습니다. 그들의 눈물겨운 생활이란 도저히 붓끝으로 그려낼 수 없습니다.

이 밤! 그들은 전날과 똑같은 일을 되풀이하며 배고픈 밤을 또 지새워야 할 것입니다. 농가를 휩싼 채 굽이굽이 흐르는 저녁연기. 아마 밀죽을 끓이거나 도토리를 삶는 연기일 것입니다. 모든 만물은 이 밤에도 살이 오르느라 우적우적 자랄 것이건만…

쪽빛보다도 더 푸른 하늘에는 어느덧 수많은 별이 깔렸습니다. 사방은 고요하기 그지없습니다. 갑자기 어디선가 졸졸졸 흐르는 시냇물 소리가 들립니다.

나는 이슬을 촉촉이 맞고 있음을 알고, 곧 발길을 돌려 산에서 내려왔습니다. 마당에 멍석을 깐 농부들이 모여서 농사 이야기를 하고 있습니다. 그 옆에서는 모깃불이 향불처럼 피어오릅니다. 그리고 집집마다 마당에서 빨갛게 움직이는 다림불이며, 채소밭에 하얗게 널린 다림질할 옷들, 어느 것 하나 시 아닌 것이 없습니다.

지붕 위에는 이슬을 맞은 박꽃이 피어납니다. 어린아이들은 각자 박꽃을 꺾어 든 채 신발 소리를 죽이며, 마치 그림처럼 움직이고 있습니다. 그리고 박꽃에 와 앉는 풍이라는 나비를 잡아들고는 좋아라고 깡충깡충 뛰며 다음과 같은 노래를 어울려 부릅니다.

풍아! 풍아!
네 꽃은 쓰고
내 꽃은 달다.

나는 문득 어린 시절을 회상하며, 그때 나 역시 저 노래를 불렀거니 하는 그리운 추억과 함께 '저 노래는 누가 지었을까?'라는 의문에 휩싸입니다. 어른이 되면 잊어버리는 그 노래. 아마 그 노래는 아이들 자신이 나비를 잡기 위해 만든 모양입니다. 그래서인지 노래를 외면 욀수록 아이들의 천진한 감정을 느낄 수 있습니다. 그 노래를 잊어버린 지 몇 해가 지났습니다. 그렇다면 그동안 내가 한 일이란 과연 무엇일까요?

스르륵—바람이 소리를 내며 선들선들 불어옵니다. 가만히 귀를 기울여 들어보니, 먼 들판에서 곡식끼리 부딪치는 소리가 은은하게 들려옵니다. 농부들의 말에 의하면, 이 바람에 곡식이 살이 오르고, 곡식의 알이 여문다고 합니다. 생각건대, 꼭 곡식에 한해서만 그런 것이 아니라 모든 만물이 그렇지 않을까 싶습니다.

앞이마를 덮은 머리카락이 살랑살랑 흔들립니다. 살이 오른다는 이 바람! 농촌이 아니고서는 금을 준다고 해도 결코 얻을 수 없는 이 바람은 가난에 쪼들려 여윌 대로 여윈 농민들에게 아낌없이 쏟아져 흐르고 또 흐릅니다. 못 입고, 못 먹는 저들이건만 이 바람에 용기를 얻는가도 싶습니다.

되는대로 쓰러져 자는 그들의 모습이 보입니다. 담뱃대를 입에 문 채로 팔을 베개 삼아 혼곤히 잠들었습니다.

이제 동네 아이들의 떠들던 소리도 끊기고, 아이들이 꺾어 놀던 꽃만이 마당에 하얗게 떨어져 있습니다. 마치 초겨울을 떠올릴 만큼 그렇게….

멀리서 들리는 개구리 소리가 자장가로 변해 그들의 숨소리를 따라 높아졌다가 낮아졌다 합니다.

밤은 깊었습니다. 아직도 그치지 않고 들리는 부인들의 절구 소리. 그리고 뒤이어 나타나는 반딧불 한두 개.

_1933년 7월《신가정》

⊙ 점점(點點)

_ 점을 찍은 듯이 여기저기 흩어져 있는 모양

●●● 채 만 식

여름 풍경

다음 이야기는 고향에서 한여름을 지낼 때 실제로 있었던 일이다.

낚시

반생(半生, 한평생의 반)에 처음으로 낚시질을 가려고 약속을 해놓고, 이튿날 아침 부지런히 일어나보니, 이미 해가 동동(작은 물체가 떠서 움직이는 모양) 솟은 아홉 시였다. 그래 부랴부랴 소쇄(세수)와 조반(아침 식사)을 마치고 이웃에 사는 이 군 집으로 달려갔다. 태공망(太公望)이란 건 여유롭고 팔자 좋은 것이라더니 내게는 그렇지 못함을 통감해야 했다.

이 군은 이미 모든 준비를 마치고 나를 기다리고 있었다. 낚싯대, 낚싯줄, 낚싯밥, 깻묵, 자리, 다래끼, 말뚝, 양산 그리고 점심… 모두 우리 두 사람분이었다.

잠시 후 우리는 가방을 척척 둘러멘 후 장도(壯途, 중대한 사명이나 큰 뜻을 품고

길을 나섬)에 올랐다. 우리는 고의적삼(여름에 입는 홑바지와 저고리)에 위에는 밀짚으로 만든 벙거지를 쓰고, 아래는 풀대님(바지나 고의를 입고서 대님을 매지 아니하고 그대로 터놓음)으로 무장했다. 그리고 혹시 있을지 모를 뱀을 위해 구두를 신었다.

본디, 우리 고장에서는 젊은 사람들이 낚시질하러 다니면 중늙은이들이 '호래자식(배운 것 없이 막되게 자라 교양이나 버릇이 없는 사람을 낮잡아 이르는 말)'이라고 욕을 했었다. 그러나 이제 세상이 좋아져서 태공망 적령제(適齡制, 어떤 표준이나 규정에 알맞은 나이)가 해제되어, 요즘은 누구나 하고 싶으면 맘 편히 다닐 수 있게 되었다. 그래도 아직 콧등이 새파란 젊은 놈들이 낚싯대를 둘러메고 동네를 활보하기는 어쩐지 민망했다.

근 십 리쯤 떨어진 낚시터에 도착하니 한낮이 되었다. 우리는 물고기를 유인하기 위해 우선 물에 깻묵을 끼얹었다. 그리고 각자 자리 옆에 말뚝을 박은 후 양산을 비끄러매었다(줄이나 끈 따위로 서로 떨어지지 못하게 붙잡아 맴). 그래야만 한여름의 따가운 햇볕을 가릴 수 있기 때문이다—

이 군은 내가 앉은자리에 받침대를 꽂고, 낚싯대를 드리울 어름(구역과 구역의 경계)을 맞춘 후 낚시하는 법을 설명해주었다. 비록 어리기는 했지만, 낚시로는 내게 스승이었다. 그에 비하면, 나는 신입생이나 마찬가지였다.

나는 이 군이 시키는 대로 낚싯밥인 지렁이를 낚시에 끼운 후 낚싯대의 탄력을 이용해서 낚싯줄을 물에다 던졌다. 그리고 낚싯대를 조금 당기어 받침대에 걸어놓으니, 낚싯줄 중간에 있는 낚시찌가 오르락내리락

하더니 곧 제자리를 잡았다.

'하하, 저놈이 기묘한 신호를 하는 놈, 즉 스파이구나! 그러니까 물고기로 보면 대적(大敵, 강한 적)이다. 그나저나 언제 물고기가 와서 낚싯밥을 물으려나?'

하지만 아무리 초조하고 성급해도 물고기가 물지도 않은 낚시를 잡아챌 수는 없다. 태공망의 '기다림'의 철학이 바로 여기에 있음을 나는 절실히 느꼈다. 물고기가 물지 않으면 온종일이라도 그냥 앉아 있어야 할 테니 말이다.

10초··· 30초··· 1분··· 2분··· 5분···

아무리 기다려도 물고기는 소식이 없었다. 옆을 바라보니, 이 군은 아직 낚시조차 드리우지 않은 채 준비가 한창이었다.

"여보게, 통 물지를 않네!"

"흥! 그렇게 쉽게 물면 짐꾼 데리고 와서 짊어지고 가게. 진득하게 기다리다가 무는 놈이나 놓치지 말게."

역시나 태공망의 철학을 닦은 사람답게 느긋했다.

그렇게 10분쯤 낚시찌를 바라보고 있었을까. 돌연(실로 돌연이다) 낚시찌가 간당간당(물체가 자꾸 가볍게 흔들리는 모양) 놀고 있는 게 보였다.

나는 앞뒤 생각하지 않고 낚싯대를 힘껏 잡아채었다. 그리고 커다란 물고기가 후드득거리며 선명한 은린(銀鱗, 은빛이 나는 비늘)을 번뜩이며 달려올 것을 예상하고 싱긋 웃었다. 그러나 이 얼마나 멋없고 쓸쓸하냐! 힘없이 채어지는 낚시에는 빈 낚시만 대롱대롱! 진실로 싱겁고 멋없기란!

그것을 보고 이 군은 "밥만 때웠네 그려?" 하고 남의 속도 모른 채 빈정거렸다.

나는 다시 미끼를 끼운 후 낚시를 드리웠다. 이번에야말로 절대 실패하지 않으리라는 굳은 결심과 함께.

이 군에 의하면, 낚시찌가 간당간당하는 것은 고기가 아직 낚시를 물지 않고, 미끼만 조금 떼어서 맛을 보는 것이라고 한다. 그러니 그때는 그냥 둬야 한단다. 그러면 미끼 맛을 보고 난 고기가 다음 순간 낚싯밥을 덥석 물고 획 달아나는데, 그 찰나에 낚싯대를 잡아채야 한다. 그런데 나는 거기까지는 미처 생각도 하지 못한 채 서둘러 낚싯대를 잡아채고 만 것이다.

나는 '이번에야말로!'라며 뚫어지게 물과 낚시찌를 바라보았다. 그러기를 약 5분쯤 흘렀을까. 마침내 낚시찌가 놀기 시작했다. 그것은 아주 미묘하게 간당간당하고 있었다.

나는 살그머니 낚싯대를 잡고 다음 순간을 준비했다. 그랬더니 아니나 다를까. 낚시찌가 물속으로 푹 가라앉는 게 아닌가.

순간, 나는 벼락같이 낚싯대를 잡아챘다. 비록 가늘기는 했지만, 손바닥에 느껴지는 진동과 묵직한 반발력! 어느 남녀의 사랑이 그보다 더 아기자기하리오. 물론 그 감각은 광선보다도 더 빠른 순간에 맛보는 것이었다. 그러니까 그것은 마치 라듐(알칼리 토류 금속에 속하는 방사성 원소)만큼이나 귀중한 것이다.

그런 짜릿한 쾌감을 주면서 낚시 끝에 물고기가 매달려 올라오고 있었다. 얼핏 보니, 아주 못생겼다. 누르스름하고, 입이 커다란 데다 격에 어긋나게 수염까지 난 자가사리(퉁가릿과의 민물고기)란 놈이었다. 하지만 그런 것은 내가 알 바 아니다. 좌우간 나는 톡톡히 재미를 봤을 뿐만 아니라 고기를 낚는 데도 성공했다. 그러나 두 번째는 허탕을 치고 말았다. 다행히 세 번째에 붕어 한 마리가 지느러미에 낚싯바늘이 꿰어진 채 올라왔다. 아마 미끼는 다른 놈이 먹고, 옆에 있다가 잘못 걸려 올라온 모양이었다.

재수 없이 게 한 마리가 물려 올라오기도 했다. 그렇게 해서 집에 돌아올 때 내 그릇에는 총 여섯 마리의 물고기가 들어 있었다. 반면, 낚시 스승인 이 군 그릇에는 네 마리가 들어 있었다. 물고기도 사범을 알아보는 모양이지!

이 군은 근래에 없는 불어(不漁, 물고기가 잘 잡히지 않음)라며 매우 우울해했다. 나는 단 한 마리만 낚았어도 만족했을 텐데, 여섯 마리나 낚아 매우 유쾌했다.

비응도의 노인

부청(府廳, 부의 행정 사무를 처리하던 관청)이라는 곳은 유별나게 의혹이 많다. 그래서인지 주민들에게 곧잘 서비스도 하는 모양이다.

얼마 전 군산부(群山府)가 주민들을 위로한다고 항구 바깥에 있는 비응도에 해수욕장을 개설했다. 마침 군산을 갔던 길에 나는 친구 몇 명과 함께 그곳으로 해수욕을 가게 되었다.

임시로 통행하는 배의 흘수선(吃水線, 배가 물 위에 떠 있을 때 배와 수면이 접하는 경계가 되는 선)이 푹 가라앉을 만큼 나 같은 어중이떠중이를 가득 태운 배는 통통거리며 항구를 벗어나 섬이 드문 서해를 달렸다. 서해가 누렇다고 누가 그랬소? 이렇게 맑기만 한데—비록 동해만은 못하지만.

뱃속까지 시원한 바닷바람을 맞으며 뱃전에 서 있자니, 배는 어느덧 목적지인 비응도에 도착했다.

바다는 이미 수많은 인파로 가득해 그야말로 새까맸다. 마치 콩나물시루 속에 가득 찬 콩나물처럼 그 수를 어림짐작할 수도 없을 만큼.

벌거벗은 아이들과 여자, 남자… 모두 아담과 이브 이전으로 돌아간 듯했다.

나는 수영을 못하기 때문에 한동안 보트를 빌려 타고 놀다가 그것마저 싫증이 나서 뭍으로 올라오고 말았다. 주위를 빙 둘러보니, 저편 언덕 밑으로 인가(人家, 사람이 사는 집)가 두어 채 보였다.

옷을 걸어 입고 그쪽을 향해 걷기 시작했다.

사실 이 섬은 절해고도(絶海孤島, 육지에서 아주 멀리 떨어진 외딴 섬)였다. 또 섬 자체가 매우 작아서 이 넓은 바다 가운데 놓여 있다가 거센 풍랑에 혹시 씻겨나가지나 않을지 마음에 걸릴 정도로 위태위태했다. 그래도 사람이 살았고, 논을 풀어 얼마간의 농사를 지었다. 얼핏 들으니, 다섯 가구에 열네 명이 살고 있다고 했다.

'왜, 이런 곳에서 살까?'

가장 가까운 항구인 군산까지 가려면 바람과 물을 잘 만나도 목선으로 꼬박 반나절이 걸린다는데. 그렇다고 해서 섬 부근에서 생선이 많이 잡히느냐 하면, 그렇지도 않다. 땅이 기름져서 농사짓기가 좋은 것도 아니다.

섬사람들은 매우 가난하다. 그러면서도 육지가 저버리고, 시대와 세상이 저버린 이곳에서 그런대로 살아가고 있다. 그렇다면 그들은 진세(塵世, 정신에 고통을 주는 복잡하고 어수선한 세상)를 피해 살아가는 선인(仙人, 도를 닦는 사람)이 아닐까. 그렇지도 않다. 도리어 육지 사람들보다도 더 현실적이고, 잇속(이익이 되는 실속)에 밝다.

고추밭 언덕에서 노파 하나가 풀을 뽑고 있었다.

나는 노파에게 다가가 이렇게 물었다.

"할머니, 언제부터 예 와서 사시우?"

노파는 힐끔 돌아보더니, 웬 양복쟁이가 와서 이러느냐는 듯이 내키잖게 코대답을 한다.

"한 칠십 년 되우. 왜 그러우?"

"아니, 나는 여기 놀러 온 사람인데 하도 한적해서 묻는 말이요… 여기서는 생화(生貨, 먹고 살아가는 데 도움이 되는 벌이나 직업)가 무어요?"

"농사도 짓고 고기도 잡지요"

"왜 군산 같은 데 좋은 데 가서 살지 이런 데서들 사우?"

"살던 데가 좋지요."

이 말은 확실히 내게 울리는 맛이 있었다. 그렇다. 사람은 다른 곳만 못하더라도 자기가 사는 곳이 좋은 법이다. 노파도 여기서 나고 자라 살다가 여기서 죽을 것이다.

"뭐하러들 와서 저렇게 요란하우?"

노파가 나더러 묻는다.

"해수 찜하러 왔답니다."

"어데 바닷물이 없어서 여기까지 와?"

노파는 입을 삐쭉한다.

박꽃 피는 저녁

내가 나고 자란 집.

어느덧 해가 지고, 더위가 슬며시 물러갔다. 그러자 기다렸다는 듯이 섶 울타리의 박꽃이 한꺼번에 환히 피어난다. 뒤울(집 뒤의 담이나 울타리) 안 장독대 옆에서는 조그마한 분꽃이 함께 핀다.

산들바람이 지나가다가 이슬 어린 거미줄을 톡— 하고 건드린다. 어스름은 짙어간다. 그럴수록 박꽃은 더 희고, 더 은근하게 어둠 속에서 뚜렷이 떠오른다. 박꽃은 제일 예쁜 꽃은 아니다. 촌 새색시처럼 부끄럼을 타는 꽃일 뿐.

옛날 궁에서 왕비를 간택할 때 "무슨 꽃이 제일 좋으냐?"라고 물었더니, "벼꽃과 목화꽃이 제일 좋다."라고— 한 이가 뽑혔다는 이야기가 있다. 만일 내가 그 간택의 소임을 맡은 이였다면 그런 정취 없는 이를 왕비로 뽑지는 않았을 것이다. 꽃은 사람에게 아름답게 보여서 좋은 것이지 특정한 열매를 맺기 때문에 아름다운 것은 아니다. 그러므로 "벼꽃과 목화꽃이 제일 좋소."라고 답한 이는, 비록 그 대답은 기발할지언정 엄밀히 말해 타산가(打算家, 자신의 이해관계를 계산하는 사람)라고 할 수 있다.

박꽃이 좋다는 것 역시 어찌 보면 그런 의미로 볼 수 있다. 하지만 실은 그렇지도 않다. 박꽃은 황혼에 피어 있는 것이 적막해서 좋기 때문이다. 적막하다는 것은 보는 사람에 따라서 다를지 모르지만, 여름 석양에 핀 박꽃을 보고 시원해하지 않을 사람은 없을 것이다.

텃밭에 저녁 안개가 소리 없이 내려앉는다. 벌써 옥수수수염이 시들고, 마늘에는 고동빛이 솟았다. 노랗던 쑥갓 꽃 역시 어느새 시들어버렸다. 텃밭 잡풀 위에는 축축한 빨래가 널렸다. 이슬이 내려 빨래를 적신 후 풀 끝에 대롱대롱 구슬이 맺게 한다. 나비도 풀 끝에서 하룻밤 지나가던 잠자리를 빌어 고단한 꿈을 맺는다.

모깃불을 태운 잿더미에서 매캐한 연기가 뭉게뭉게 피어오른다. 모기 떼가 사방에서 왱왱— 하고 떼 지어 무는 것이 깊은 땅속에서 울려 나오는 것처럼 멀게 들린다.

날은 아주 어두워졌다. 갈고리 진 초승달이 서쪽으로 넘어가려고 한다. 반딧불이 호박 덩굴 우거진 울타리 가에서 하나 또 하나 그리고 둘이 날며 반짝인다. 사립문 앞길을 지나가는 사람들의 이야기 소리가 도란도란 들리다가 사라진다.

밤은 촉촉하고 조용하다. 박꽃은 어둠 속에서 하얗게 빛난다. 호박벌이 날아와서 나래(날래)를 울린다. 밤에 피는 꽃에는 밤에 찾아오는 나비가 있다.

마당에서는 밀짚 방석 위에 돗자리를 펴놓고 빨래 다리기가 한창이다.

멀리 원두막에서 퉁소 소리가 끊겼다 이었다 들려온다.

이렇듯 인상 깊은 고향의 옛집이 마당은 물론 텃밭도 없어진 채 겨우 형태만 남아 있다. 하지만 쓰러져가는 그 집 울타리에서도 이때쯤이면 박꽃이 환하게 피어나고 있으리라.

녹음(綠陰, 푸른 잎이 우거진 나무나 수풀. 또는 그 나무의 그늘)

여름방학에 들어간 텅 빈 학교 경내는 마치 천 년이나 비어 있었던 듯이 한가하고 녹음이 짙다.

옛날 동헌(東軒, 옛날 지방 관아)이었던 곳을 그대로 고쳐서 교실로 쓰는 육중한 기와집이 짙은 그늘 속에 박혀 있다. 그 옆으로 반듯반듯한 학교 건물이 두 개 나란히 놓여있다. 동헌 앞마당에는 둘레가 여섯 간(間 길이의 단위. 한 간은 여섯 자로, 1.81818m)이나 되는 느티나무가 들어앉아 커다란 그늘로 마당을 가득 덮고 있다.

교실 앞으로는 잎이 우거진 벚나무가 일렬로 죽 늘어서 있다. 그중에는 내가 졸업하면서 심은 놈도 있다. 하지만 그것이 어느 나무인지는 운동장의 지형이 변해서 알 수 없다.

넓은 운동장 변두리로는 키 크고 그늘 좁은 포플러나무가 빙 둘러서 있다.

따가운 햇볕이 땅에 반사되어 눈이 부시다.

교실 처마에서는 참새들이 제멋대로 지저귀며 날뛴다.

포플러나무에서 쓰르라미(매밋과의 곤충)가 바람결에 지나듯이 스르르

—울다가 그친다.

졸릴 만큼 조용하다.

어디선가 노인이 장죽(긴 담뱃대)을 문 채 그늘에 앉아서 졸고 있을 것만 같다.

갑자기 교실에서 오르간 소리가 단조롭게 울린다. 당직 교원이 심심하다 못해서 짚는 모양이다.

어느 구석에서 나왔는지 콧물 흘리는 아이들이 한데 몰려간다.

해는 길어서 이제 겨우 한낮이다. 아마 이 해가 지려면 몇백 년은 더 있어야 할 것이다.

학교 왼쪽 언덕바지가 옛날 '감나무골'이다. 감나무가 많아서 그렇게 불렀단다. 하지만 그곳에는 대추나무도 많았고, 집을 에워싸고 있던 대숲 역시 매우 무성했었다. 그러나 이제 대숲도, 감나무도 모두 사라지고 말았다. 옛 집터에도 모두 새집이 들어섰다.

그곳에 살던 내 친구 '오동이!' 이제 감나무골은 이름만 남고, 주인이 때때로 갈리는 보통학교 교장이 임시로 들어 살고 있다. 그래서 빨랫줄에 저렇게 붉은 메린스의 '지방'이 펄렁거리고 있다. 그것을 예나 다름없는 군기 터 팽나무가 우두커니 바라다보고 있다.

옛날 같으면 원님이 버티고 앉아 있을 동헌으로 올라가 아이들의 책상을 모아놓고 드러누웠다.

이십 년… 이십 년 전에는 나도 여기서 콧물 꽤나 흘리며 공부를 했었다. 감나무골 오동이도 있었고, 그 밖에 다른 친구들도 있었고…

그 뒤 이십 년이 어떻게 해서 지나갔는지, 나는 거짓말 같아 미덥지 않다. 혹시 옛날 이 동헌에 앉아 이 고을 백성을 다스렸던 원님 가운데 살아 있는 이가 있어 지금 이곳에 와 본다면, 그는 나보다도 더 감회가 깊으렷다.

이런 생각을 하다가 마주치며 불어오는 시원한 바람에 그만 잠이 들고 말았다. 그리고 어린 시절의 꿈을 꾸었다.

잠에서 깨어나고 보니, 해가 제법 기울어지고, 그늘진 테니스 코트에서는 라켓에 공 맞는 소리가 퐁퐁— 한가롭게 들려온다.

— 1936년 7월 17일~18일, 20일~22일 《조선일보》

⊙ 태공망(太公望)

— 강태공을 말하는 것으로 흔히 '낚시꾼'을 비유적으로 이르는 말

⊙ 메린스(merinos)

— 흔히 '모슬린'이라고 불린다. 메소포타미아 티그리스 강변의 도시 모술(Mosul)에서 직조한 데서 이름이 붙여졌다. 주로 여성 의류에 쓰이며, 늦은 봄에서 초여름·초가을에 걸쳐 블라우스나 드레스 등에 많이 쓰이고, 이불감으로도 쓰인다. 가볍고 보온성이 좋으며, 탄력이 있어 잘 구겨지지 않는 특성이 있다.

●●● 이 광 수

돌베개

옛날 한시에 '고침석두면(高枕石頭眠)'이라는 말이 있다. '돌베개를 높이 베고 잔다.'라는 말로, 세상을 버린 한가한 사람을 말하는 것이다. '탈건괘석벽 노정쇄송풍(脫巾掛石壁 露頂灑松風, 갓 벗어 바위에 걸고, 맨머리에 솔바람을 쏘이다)'과 같은 말이다. 옛날뿐만 아니라 지금도 산길을 가노라면 무거운 짐을 벗어 놓고 돌베개를 베고 자는 사람을 볼 수 있다. 그 모습이 참 시원해 보인다.

《구약성경》을 보면 야곱이 돌베개를 베고 자다가 좋은 꿈을 꾸었다는 이야기가 있다. 그러나 야곱은 세상을 버리거나 잊은 사람이 아니요, 큰 민족의 조상이 되려는 불붙는 야심을 품은 사람이었다. 결국, 그는 유대 민족의 큰 조상이 되었다.

연전(年前, 몇 해 전)에 처음 이 집을 짓고 왔을 때, 아직 베개도 가져오지 않고 목침도 없기에 앞개울에 나가서 돌 하나를 얻어다가 베개로 삼았다. 마침 여름이어서 돌베개를 베고 자는 맛은 참 시원하였다. 그때부터 나는 돌베개를 좋아하게 되었다. 그러나 돌베개에는 한 가지 흠이 있으니 무거워서 도저히 가지고 다닐 수가 없다는 것이다. 그 때문에 광릉 봉선사에 머물 때는 돌베개 하나를 더 구하였다. 그것은 참으로 잘 생긴 돌이었다. 대리석과 같은 흰 차돌이 여러 만 년 동안 물에 갈리고 씻긴 것이어서 하얗기가 마치 옥과도 같았다. 그러나 광릉을 떠날 때 거기에 두고 왔다.

돌베개를 베고 자면 외양간에서 소의 숨소리가 들린다. 씨근씨근, 푸우푸우— 하는 소리다. 나는 처음에는 소가 병이 든 게 아닌가 싶었다. 그러나 그런 것은 아니었다. 이십여 일을 계속해서 논을 가느라고 몸이 고단해서 특별히 숨소리가 크고 가끔 한숨을 쉬는 것이었다. 못난이니, 자빡뿔(뒤로 기울어지고 끝이 뒤틀린 쇠뿔)이니, 갖은 험구(險口, 헐뜯는 소리나 욕)를 다 듣던 우리 소는 이번 여름에 십여 집 논을 갈았다. 흉보던 집 논도 우리 소는 노여워하지 않고 갈아주었다. 그러고는 밤이면 고단해서 수없이 한숨을 쉬는 것이다.

— 1948년 수필집 《돌베개》

●●● 유 치 진

삼방에서

—피서지 통신①

내가 삼방 협역(峽驛, 산속 깊이 있는 작은 역)에서 내린 것은 새벽 네 시가 가까웠다. 밤차를 타면 좀 서늘할까 해서 밤 열한 시 서울역 발 기차를 택하였다. 그러나 밤도 역시 여름이다. 밤이라고 여름 더위가 물러설 리는 없었다.

나는 하룻밤을 가마솥에 든 고구마처럼 완전히 진을 뺏기었다. 아무리 차 안이라도 밤에는 곤해서 졸리는 법이다. 그러나 그것은 스팀이 들어온 겨울의 일이오, 서늘한 가을, 봄의 말이다.

차 안에서 못 자는 사람은 나뿐이 아니었다. 모두 밤새도록 혀를 불며 부채질하기 일쑤로 하룻밤을 꼬박 새웠다.

이렇게 더위에 시달리고 차에서 내리니 삼방의 새벽 물소리가 유난히 시원스러웠다. 더위에 찌든 몸에다 바로 냉수를 쏟아주는 것 같았다.

'이만해도 살겠는걸.'

나는 삼방역을 차로 몇 번 지나치기는 해지만, 한 번도 구경한 적이 없다. 그 유명하다는 삼방약수 맛을 한 번 볼 생각에 항상 벼르고 있었지만, 기회가 쉽사리 오지 않았다. 그래서 이번에는 석왕사(釋王寺) 가는 길에 도중하차를 하였다. 적년(積年, 오랜 세월)에 꿈꿔오던 계획을 성취하려는 것이었다.

산은 깎아지른 절벽으로써 조그마한 삼방 마을을 병풍 쳤다. 그 병풍 사이 골짜기에서는 물이 흐르고 그 물줄기를 타고 찬바람이 쏟아져 나온다. 산은 크지 못하고 올목졸목(자잘하고 도드라진 것들이 고르지 않게 벌여 있는 모양)하다. 그러나 수목이 울창하다. 푸성귀(채소나 나물을 통틀어 이르는 말)를 보면 식욕이 동하는 것처럼 수목을 보니 자연 더위가 가시는 듯하다. 나도 어느새 문명이란 육식주의에 싫증이 난 사람인가?

괜찮은 여관에 들어 아침이 밝기를 기다렸다.

벌써 거리는 깨어나 있었다. 이집 저집에서 눈 비비며 나오는 사람은 피서객들인 모양이다. 그들은 일제히 군호(軍號, 서로 눈짓이나 말로써 슬며시 연락하는 일)나 맞춘 듯이 한 손에 약수를 먹을 그릇을 들고 있었다. 약수터로 향하는 모양이었다.

한 톨 쌀을 적선 받으려는 이재민 모양으로 약수터에는 약수를 구하려는 사람이 길게 줄지어 섰다. 그 모습이 마치 승차권을 구하려는 정거장을 보는 듯했다.

그들의 얼굴은 모두 병들어 보였다. 그 열의 한 사람으로 참가한 나 역시 한 손에 컵을 들고 십 수분을 기다리는 폼이 누가 봐도 병든 사람임이 분명했다.

"물질과 환경이 사람을 결정한다."는 제임스—랑게 이론이 여기서도 증명되는 것 같았다.

사실인즉, 삼방에는 병자가 많았다. 역에서 벌써 나는 손자 등에 업혀 내리는 병든 늙은이를 보았고, 산골짜기에 막을 치고 누워 약수에다가 생명을 신음하는 중병인도 보았다. 어떤 집에는, 아마 셋방을 놓는 집인 듯한데, 3~4명씩 병든 사람이 누워 있는 집도 있었다. 그러고 보니 삼방이란 일개 피병원(避病院, 피서지에 있는 병원)에 지나지 못한 듯하다. 이리 가도 병든 사람, 저리 가도 병든 사람, 병든 사람 투성이다.

기후는 서늘하고, 물소리는 상쾌하였지만, 나는 더 머물 수 없었다. 그 날 차로 바로 석왕사로 향해야 했기 때문이다. 결국, 약수 맛도 충분히 보지 못하였다.

__1937년 8월 14일《동아일보》

⊙ 석왕사(釋王寺)

__ 함경남도 안변 설봉산에 있는 사찰. 조선 태조 이성계가 나라를 세우기 전에 무학대사의 해몽을 듣고 왕이 될 것을 기도하기 위해 지었다고 전해진다. '왕이 될 것을 해석해줬다'는 데서 이름이 유래하였다.

⊙ 제임스—랑게 이론(James-Lange Theory)

__ 미국 윌리엄 제임스와 덴마크 칼 랑게의 이론으로, 자극에 대한 신체적 반응을 지각함으로써 정서가 유발된다고 보는 관점. 외부의 자극으로 인해 신체적 변화나 흥분이 일어나고, 이런 변화에 대해 지각하고 느낄 때 감정이 일어난다는 것. 즉, 슬퍼서 우는 것이 아니라 울기 때문에 슬프고, 기쁘기 때문에 웃는 것이 아니라 웃어서 기쁜 감정을 느끼게 된다는 것이다.

●●● 유 치 진

석왕사에서

—피서지 통신 ②

나는 석왕사를 매우 좋아한다. 그 한적하고도 우아한 맛은 다른 곳에서 도저히 찾을 수 없다.

석왕사에 비하면 삼방은 과거도 없고, 역사도 없고, 꿈도 없고, 흙도 붓지 않은 곳에 불과하다. 조금도 여유가 없다. 그러나 석왕사는 벌써 오백 년의 역사를 갖고 있어 완전히 자리가 잡히고 인격이 갖춰졌다. 허심(虛心, 마음에 다른 생각이나 거리낌이 없음)히 서 있는 소나무 한 주에도 쉽사리 범할 수 없는 위용이 있고, 여관 식탁에 오르는 취쌈에도 유원(幽遠, 그윽함)한 향취가 있어 우리 입맛을 어루만진다.

석왕사 동구(洞口, 마을로 들어서는 첫머리)에서 약수터로 올라가는 오른쪽 단속문 앞에 이태조께서 손수 심으셨다고 전하는 고목, 그 고목은 벌써 다 썩어서 끌틱('그루터기'의 방언)만 남았지만, 다른 소나무들은 한 아름씩 되는 것이 쭉쭉 허리를 펴고 고귀한 허우대를 자랑하고 있다. 석왕사 송림은 어쩌면 이렇게 건강하게 자랐는지, 이 송림만 봐도 사람은 그의 사상과 희망을 넉넉히 건전하게 보양할 수 있을 것 같다.

포악한 염제(炎帝, 여름을 맡은 신)인 여름은 석왕사에서는 아무런 탈선이 없다. 여름의 무지한 폭력은 이곳에서는 완전한 조화를 꾸미고 선량한 정력만을 발휘할 뿐이다.

불이문(不二門)에 앉아서 김택여관 쪽을 바라보면 웅장한 고목에 싸인 골짜기가 청담한 시냇물을 끼고 시원하게 몸부림친다. 백련암(白蓮庵)으로 가는 개울에서 2~3년 전에 최영수 형과 매일 같이 목욕하던 반석이 지금도 그대로 있다. 설봉산 안에 내원이란 암자가 있다는데 아직 가보지 못했다. 백련암은 몇 해 전 박용철, 정지용 양 형과 탐방한 일이 있다. 여승만 있는 곳이라 그런지 쓸쓸하기는 하지만 매우 서늘하고 한적했다. 사실 백련암보다는 백련암 가는 길이 더 좋다.

올해는 서울이 유난히 덥기 때문인지 산방 여관 역시 만원이다. 그러기는 석왕사 역시 매한가지다. 조용한 독방을 얻고 싶었지만, 얻을 길이 없다.

"이렇게 손님이 많으면 금방 부자 되겠구려."

"웬걸요, 여름 한 철이지요. 추워지면 손님은 다 사라지고 동네 사람만 남는답니다."

그러면서 여관 주인은 여름 한 철에는 동네 사람끼리 손님 한 명이라도 더 빼앗을 생각에 악을 쓰고 싸우지만, 날씨가 추워져서 차츰 눈이 쌓이면 서로 화목하여 이웃을 그리워한다고 얘기한다. 인간의 강한 물욕과 약한 심령의 대립을 나는 여기서도 발견하고 마음속으로 기뻐했다.

석왕사 동구 북쪽 송림 위에 군소(群巢, 무리를 이룬 새집) 하는 왜가리는 올해도 예년처럼 새끼를 치고 있다. 이 왜가리는 석왕사 주민에게는 상복(祥福, 상서로운 일과 복된 일)의 징표다. 왜가리가 군소하기 시작한 이래 석왕사가 점점 발전했기 때문이다. 매년 이른 봄이면 날아 와서 여름 동안에 새끼를 친 후 8~9월 찬바람이 나면 대가족 떼를 이끌고 남쪽으로 지향 없이 날아가 버리는데, 2~3월 이른 봄에 왜가리가 날아오는 걸 보면 그 한 해의 복을 짐작할 수 있다고 한다.

"올해도 작년보다 왜가리 수가 많답니다. 그러니까 이렇게 손님이 많지요."

이 역시 여관 주인의 말이다.

나는 매일 아침저녁으로 약수터에 출근한다. 약수가 내 체질에 맞는지 맞지 않는지는 아직 모른다. 그러나 약이 된다는 말에 무리하며 먹는다.

어제 그제 한 줄기 폭우가 내리더니 석왕사도 무척 서늘해졌다. 서울도 이 비에 서늘해졌을 테니, 수일 후에는 귀경해야겠다.

__ **1937년 8월 17일《동아일보》**

⊙ 불이문(不二門)

__ 석왕사에 들어가는 첫 번째 문. 1751년 석왕사 앞으로 흐르는 개울에 무지개 모양으로 세워졌다.

⊙ 박용철·정지용

__ 시인 박용철과 정지용. 두 사람은 김영랑, 신석정 등과 함께 1930년대 순수문학 운동을 펼쳤다.

에
필
로
그

냉면 한 그릇의 행복

— 김남천, 〈냉면〉

'냉면'이라는 말에 '평양'이 붙어서 '평양냉면'이라야 비로소 격에 맞는 말이 되듯이, 냉면은 평양의 대표적인 음식이다. 언제부터 이 냉면이 평양에 들어왔으며, 언제부터 냉면이 평안도 사람들의 입맛과 기호에 맞는 음식이 되었는지는 나 같은 무식쟁이로서는 알 수도 없거니와 알고 싶지도 않다.

어린 시절 우리가 냉면을 국수라고 하여 비로소 입에 대게 된 것을 기억하는 평안도 사람은 극히 드물 것이다. 나도 그중 한 사람이다. 밥보다도 아니, 쌀로 만든 음식보다도 일찍 나는 이 국수 맛을 알았을지도 모른다. 어머니 등에 업힌 채 어른들의 냉면 그릇에 여남은 가닥 남은 국수오리(국숫발), 즉 메밀로 만든 이 음식을 서너 개 있을까 말까 한 이로 끊어서 삼킨 것이 아마도 내가 냉면을 입에 대본 첫 기억일 것이다. 하지만 젖 먹다 뽑은 작은 입으로 이 매끈거리는 국수오리를 감물고(입술을 감아 들여서 꼭 묾) 쫄

쭐 빨아올리던 기억이 있는지 없는지조차 가물가물하다. 누가 마을에 올 때 점심이나 밤참으로 반드시 이 국수를 먹던 것을 나는 겨우 기억할 따름이다. 잔칫날, 즉 약혼하고 편지 부치는 날과 예물 보내는 날, 장가가는 날, 며느리 데려오는 날, 시집가고 보내는 날, 장가 와서 묵고 가는 날에 이르기까지 언제나 이 국수가 출동했다. 그밖에도 환갑날, 생일날, 제삿날, 장례식 날, 길사, 경사, 흉사에도 냉면이 나왔다.

특이한 것은 이 국수를 때로는 냉면으로, 때로는 온면으로 먹었다는 것이다. 심지어 정월 열나흘 작은 보름날에 이닭기엿, 귀밝이술과 함께 수명이 국수오리처럼 길어야 한다고 '명길이국수(국수가 길듯이 오래 살 수 있다는 뜻에서 해 먹던 국수)'라고 이름 지어서까지 냉면 먹을 기회를 만들었다. 지금 생각하면 평안도 사람의 단순하고 담백한 식도락을 추상(抽象, 여러 가지 사물이나 개념에서 공통되는 특성이나 속성 따위를 추출하여 파악함)할 수 있어 매우 흥미롭다.

속이 클클한(뱃속이 좀 빈 듯함) 때라든지, 화가 치밀어 오를 때 화풀이로 담배를 피운다든지, 술을 마신다든지 하는 일은 흔히 있는 일이지만, 이럴 때 국수를 먹는 사람의 심리는 평안도 태생이 아니고는 좀처럼 이해하기 힘들 것이다. 도박에 져서 실패한 김에 국수 한 양푼을 먹었다는 말이 우리 시골에 있다. 이렇게 될 때 이 국수는 확실히 술 대신이다.

나처럼 술잔이나 다소 할 줄 아는 사람도 속이 클클한 채 멍하니 방 안에 처박혀 있다가 불현듯 냉면 생각이 나서 관철동이나 모교 다리 옆을 찾아갈 때가 드물지 않다. 그럴 때 거리에서 친구를 만나,

"차나 마시러 갈까?" 하면,

"여보, 차는 무슨 차! 우리 냉면 먹으러 갑시다."

하고, 앞장서서 냉면집을 찾았다.

모든 자유를 잃고, 음식 선택의 자유까지 잃었을 때 항상 애끊는 향수같이 엄습하여 마음을 괴롭히는 식욕의 대상은 우선 냉면이다. 그러고 보면 냉면이 우리에게 주는 은연함(겉으로 뚜렷하게 드러나지 아니하고 어슴푸레하며 흐릿함)은 매우 크다고 할 수 있다.

한방의(韓方醫, 한의사)는 "냉면은 몸에 백해(百害, 온갖 해로운 일)는 있을지언정 일리(一利, 한 가지 이로움)도 없는 음식"이라고 말한다. 그것이 맞는지 틀렸는지는 알 길이 없다. 하지만 보약 같은 것을 복용할 때 금기 음식의 하나로 메밀로 만든 냉면이 들어가는 경우가 많은 것은 주지의 사실이다. 국수를 먹고 더운 구들에서 잠을 자고 나면, 얼굴이 푸석푸석 붓고, 목이 칼칼하여 기침이 나는 것도 사실이다. 그러니 냉면은 우리 몸에 해로운 것인지도 모른다.

국수물, 다시 말해 메밀 숭늉은 이뇨제 역할도 한다. 트리펠('임질'을 뜻하는 독일어) 같은 걸 앓는 이가 냉면에 돼지고기나 고추, 파, 마늘이 많이 들어간 것은 꺼리지만, 냉면 먹은 뒤 더운 국수물을 청해 한 사발씩 서서히 마시고 앉아 있는 것은 바로 이 때문이다. 그 이유를 그들에게 은근히 물어보면, 그것을 먹은 이튿날은 어떤 고명한 이뇨약보다 효과가 좋다고 한다.

냉면은 물론 메밀로 만든다. 메밀로 만든 국수는 사려(동그랗게 포개어 감음)

놓고 십여 분만 지나면 자리를 잡는다. 또 물에 풀면 산산이 끊어진다. 시골 외에는 순수한 메밀로 만드는 국수는 극히 적다. 국숫발이 질기고 끊어지지 않는 것은 소다나 가타쿠리('얼레지'라는 식물 뿌리로 만든 흰색 녹말가루)를 섞기 때문이라고 한다.

서울 골목마다 있는 마른 사리 국수 또는 결혼식장에서 주는 국수오리 속에 몇 퍼센트의 메밀가루가 들었는지는 단언할 수 없다. 나는 서울에서 횡행하는 국수 대부분은 옥수숫가루나 그와 유사한 것으로 만든 것이 아닌가 한다. 그것은 이틀 혹은 사흘을 두었다가도 먹을 수 있고, 얼렸다가도 더운 국물에 풀면 국수 행세를 할 수 있다. 이는 국수가 아닌 국수 유사품일 뿐이다. 그러니 평양냉면이나 메밀국수와는 친척 간이나 되나마나 하다.

_1938년 5월 31일 《조선일보》

이태준

근대를 대표하는 단편소설 작가. 특히 단편소설의 서정성을 높여 예술적 완성도와 깊이를 높였다는 평가를 받고 있다. 구인회에 가담하였고, 이화여전 강사와《조선중앙일보》학예부장 등을 역임하였다. 주요 작품으로 수필집《무서록》과 문장론《문장강화》및 다수의 소설이 있다.

백 석

19세의 나이로《조선일보》에 단편소설〈그 모(母)와 아들〉을 발표하면서 문단에 데뷔하였다. 방언을 즐겨 쓰면서도 모더니즘을 발전적으로 수용한 시를 주로 발표하였다. 지방적 · 민속적인 것에 집착하며 특이한 경지를 개척하는 데 성공했다. 주요 작품으로 시집《사슴》,《고향》등이 있다.

한용운

민족대표 33인 중 불교계 대표로 3.1 독립선언을 이끌었다. 시집《님의 침묵》을 출판하여 문학을 통한 저항운동에 앞장섰으며, 일제 치하 어용의 길을 걷던 무능한 조선 불교를 개혁하는 등 불교의 현실참여를 주장하였다. 주요 저서로《조선불교유신론》,《님의 침묵》등이 있다.

이효석

근대 한국 순수문학을 대표하는 소설가. 1928년《조선지광》에 단편〈도시와 유령〉을 발표하면서 등단하였다. 한국 단편문학의 전형적인 수작이라고 할 수 있는〈메밀꽃 필 무렵〉을 썼다. 장편〈화분〉등을 통해 성(性) 본능과 개방을 추구한 새로운 작품 및 서구적인 분위기를 풍기는 작품으로 주목받았다.

채만식

민족이 처한 현실을 풍자적이고 해학적으로 표현해 풍자소설의 대가로 불린다. 계급적 관념의 현실 인식 감각과 전래의 구전문학 형식을 오늘에 되살리는 특유한 진술 형식을 창조했다. 주요 작품으로 단편〈레디메이드 인생〉과〈태평천하〉를 비롯해 장편《탁류》등이 있다.

강경애

1931년 잡지《혜성》에 장편《어머니와 딸》을 발표하면서 등단하였다. 특히 1934년《동아일보》에 연재한《인간문제》는 노동자의 삶을 예리하게 파헤쳐 근대소설사에서 빼놓을 수 없는 작품으로 평가받고 있다. 주요 작품으로 단편〈지하촌〉,〈채전〉및 장편《소금》,《인간문제》등이 있다.

계용묵

단편〈상환〉을《조선문단》에 발표하면서 문단에 등장했다.〈최서방〉,〈인두지주〉등 현실적이고 경향적인 작품을 발표했으나 이후 약 10여 년 간 절필하였다.《조선문단》에 인간의 애욕과 물욕을 그린〈백치 아다다〉를 발표하면서부터 순수문학을 지향하는 일관된 작품 경향을 유지했다.

김상용

《남으로 창을 내겠소》로 잘 알려진 시인. 8 · 15 광복 후 미 군정에 의해 강원도 도지사에 임명되었으나 며칠 만에 사임하고 이화여자대학교 교수로 복귀 후 미국으로 건너가 보스턴대학에서 영문학을 연구하고 돌아왔다. 주요 작품으로〈그러나 거문고의 줄은 없고나〉,〈남으로 창을 내겠소〉등이 있다.

최서해

신경향파의 대표적 소설가. 몇 명의 엘리트의 눈으로 바라본 일부의 삶이 아닌 실제 체험을 통한 대다수 극빈층의 생활상을 날카롭게 표현해 그들의 울분과 서러움을 적나라하게 드러내고 있다. 이에 그의 문학을 '체험문학', '빈궁문학'이라고 일컫는다. 주요 작품으로〈탈출기〉,〈홍염〉등이 있다.

노천명
이화여전 재학 중 시 〈밤의 찬미〉, 〈포구의 밤〉 등을 발표하였고, 그 후 〈눈 오는 밤〉, 〈사슴처럼〉, 〈망향〉 등 주로 애틋한 향수를 노래한 시를 발표하였다. 널리 애송된 대표작 〈사슴〉으로 인해 '사슴의 시인'으로 불린다. 주요 작품으로 시집 《산호림》과 《별을 쳐다보며》, 수필집 《산딸기》 등이 있다.

정지용
시 〈향수〉, 〈유리창〉과 같은 서정성 짙은 시로 잘 알려진 시인. 참신한 이미지와 절제된 시어로 한국 현대시의 새로운 시대를 개척했으며, 박용철, 김영랑 등과 함께 '시문학파'를 결성해 활동하기도 했다. 주요 작품으로 시집 《정지용 시집》과 《백록담》을 비롯해 산문집 《문학독본》, 《산문》 등이 있다.

이 상
현대 문학을 논할 때 결코 빼놓을 수 없는 시인이자, 소설가, 수필가, 모더니즘 운동의 기수. 건축가로 일하면서 수많은 작품을 발표하였으며, 전위적이고 해체적인 글쓰기로 한국 모더니즘 문학사를 개척하였다. 주요 작품으로 소설 〈날개〉를 비롯해 시 〈거울〉, 〈오감도〉 등 수많은 작품이 있다.

이육사
시인이자 독립운동가. 본명은 이활이며 개명하기 전의 이름은 이원록 또는 이원삼이다. 육사는 그의 아호로 대구형무소 수감 생활 중 수감번호였던 264에서 따왔다. 1930년 《조선일보》에 〈말〉을 발표하면서 문단에 등단하였고 시인부락, 자오선의 동인으로 활동하였다. 유고시집으로 《육사시집》이 있다.

현진건
김동인, 염상섭과 함께 사실주의적 단편소설의 모형을 확립한 작가로, 사실주의 문학의 개척자로 평가받고 있다. 특히 아이러니한 수법에 의해 현실을 고발하고 역사소설을 통해 민족혼을 표현하고자 했다. 〈빈처〉로 인정받기 시작했으며 〈백조〉, 〈타락자〉, 〈운수 좋은 날〉, 〈불〉 등을 발표하였다.

노자영
《백조》 창간 동인으로서 작품활동을 시작하였고, 잡지 《신인문학》을 창간해 후진 양성에도 힘썼다. 특히 시와 수필에 있어서 소녀적인 센티멘털리즘으로 일관하여 자신의 시에 '수필시'라는 특이한 명칭을 붙이기도 하였다. 주요 작품으로 시집 《처녀의 화환》을 비롯해 서간집 《나의 화환》 등이 있다.

이광수
한국 근대 정신사 전개과정에서 중요한 역할을 했으며, 최초의 근대 장편소설 《무정》을 썼다. 1919년 '2 · 8 독립선언서'를 기초하고 상하이로 탈출, 임시정부 기관지인 《독립신문》의 주간으로 활동했지만, 친일 행위로 인해 그 빛이 바래고 말았다. 주요 작품으로 〈흙〉, 〈유정〉, 〈단종애사〉 등이 있다.

유치진
한국 연극계의 대표적인 인물. 김진섭 · 서항석 등의 해외문학파 동인들과 '극예술연구회'를 창립하고 이 단체에서 주관하는 연극에 단역으로 출연하거나 연출을 맡기도 했다. 희곡 〈토막〉을 통해 극작가로 등단했으며, 이후 70여 편에 달하는 연극비평과 희곡비평, 시론 등을 발표하였다.

김남천
카프 해소파의 주도적 역할을 하였고 사회주의 리얼리즘 논쟁에 대해서 러시아의 현실과는 다른 한국의 특수상황에 대한 고찰을 꾀해 모럴론 · 고발문학론 · 관찰문학론 및 발자크 문학연구에까지 이르는 일련의 '리얼리즘론'을 전개하였다. 대표작으로 장편 〈대하〉, 중편 〈맥〉 등이 있다.

문득… 멈춰선… 그곳에 잠시… 나를 내려놓다

성찰의 시간

초판 1쇄 인쇄 2018년 8월 10일
초판 1쇄 발행 2018년 8월 17일

지은이 이효석 · 백석 · 이상 외
엮은이 임현영
발행인 임채성
디자인 김현미

펴낸곳 홍재
주 소 서울시 양천구 목동동로 233-1, 1010호(목동, 현대드림타워)
전 화 070-4121-6304 **팩 스** 02)332-6306
메 일 hongjaeeditor@naver.com

출판등록 2017년 10월 30일(신고번호 제 2017-000064호)

종이책 ISBN 979-11-89330-00-2 03810
전자책 ISBN 979-11-89330-01-9 05810

이 도서의 국립중앙도서관 출판시도서목록(CIP)은 서지정보유통지원시스템 홈페이지(http://seoji.nl.go.kr)와 국가자료공동목록시스템(http://www.nl.go.kr/kolisnet)에서 이용하실 수 있습니다.
(CIP제어번호: CIP 2018010902)